二人の偽物アルファは
執事アルファに傅かれる

Kei Shinomiya
四ノ宮慶

JN067651

CHARADE BUNKO

Illustration

奈良千春

CONTENTS

【プロローグ】

男女の性に加えて第二の性バース性が日本で認められたのは、一三〇〇年ほど前のことだとされている。バース性とは、アルファ、ベータ、オメガという三つの性の総称だ。

知性や肉体、容姿など、あらゆる面において優れた遺伝子を有する希少種のアルファ。

バース性の影響がほとんどなく、人口比がもっとも多いベータ。

そして、男女ともに妊娠出産が可能で、定期的にヒートと呼ばれる発情期が訪れる超希少種のオメガ――。

古くは世界中でアルファを頂点とするヒエラルキーが構成され、オメガは差別や虐待、性的搾取の対象とされてきた。しかし、バース性成熟期と称される現代では、オメガの人権はしっかりと保護されるようになり、社会進出も増えてきている。

といっても、アルファ種の選民意識やオメガへの差別が完全になくなったわけではない。多くの人の価値観は、男女の性よりバース性に基づいて育まれているのが現状だった。

アルファはアルファらしく、優秀で立派であれ。

ベータはふつうの幸福を。

オメガは身のほどを知り、アルファの子を産め――。

誰も口にはしないが、今も多くの人が第二の性に囚われて生きていた――。

アルファもオメガも関係ない。ただ一人の人間として愛を誓ってくれた――魂の番《つがい》。

『ずっと俺を放すな。――命令だ』

夢のような幸福を得て、これ以上に望むものなんてないと思った。

それなのに――。

ふとした瞬間、不安が胸をよぎるのはどうしてだろう。

溢《あふ》れるほどの愛に満たされて、幸せなのは、自分だけなのではないか。

はたして、愛しい番も、自分と同じように満たされているだろうか。

――なあ、侑一郎《ゆういちろう》。お前、幸せか？

穏やかな笑みをたたえた横顔に、何度も尋ねようとして、呑《の》み込んできた台詞。

愛を注がれる幸福だけでは、満たされないと知った。

けれど、彼が望む愛や幸福を、充分に与えられる自信がない……。

幾重にも重なった言の葉が、胸の中で腐葉土となって、俺はやがて何も書けなくなってしまった。

【一】

「……何が、素敵な笑顔だ」

こっそり吐き捨てると同時に舌を打つ。

夏休み最後の週末となったこの日、多賀谷虹《たがやこう》は都内のホテルで開催された、未就学児を対象とした自著絵本の読み聞かせイベントに出席していた。

といっても、参加者に向けて最初と最後の挨拶だけすればいいと言われている。

最初の挨拶を終えてしばらくは、会場でスタッフたちが子供たちに絵本を読み聞かせる様子を眺めていたが、多賀谷はやがて静かにホールを抜け出した。

そして、ホールの裏側へ続く廊下に向かう。その廊下の手前にはポールパーテーションが置かれていて「関係者以外立ち入り禁止」という札が下がっていた。この先に、ホテルが用意した多賀谷の控室があった。

多賀谷は十代でデビューして以来、純文学からライトノベル、絵本といったあらゆるジャンルでベストセラーを生み出す天才アルファ作家として名を馳《は》せてきた。一七八センチとアルファとしては小柄だが、適度に鍛えられたスラっとした体軀《たいく》に、明るい栗色《くりいろ》の癖毛と白い肌、ネコを思わせる悪戯っぽく切れ上がった目に、印象的な左目下の黒子《ほくろ》といった容貌は世間の注目を集めた。何よりも、虹彩が青みの強い虹色をしたアースアイは人々を虜にし、文壇の氷華と称された。それこそ、メディアで多賀谷を見かけない日がないくらいの活躍ぶりだったのだ。

だった——というのは、ここ数か月の間、多賀谷虹は表舞台から姿を消してしまっていたからだ。

そもそも、メディアへの露出はマネジメント契約をしているティエラプロモーションの方針であって、多賀谷の本意ではない。もともと、人前に出るのは苦手な性質《たち》なのだ。そのうえ、最近まったくといっていいくらい書く気が起こらず、刊行予定がいくつか立ち消えとなり、新規の依頼も断っていた。

『子供たちの素敵な笑顔は、きっと先生にとっていい刺激になると思います』

十周年という節目の年にスランプに陥った多賀谷を心配したのだろう。専属編集者である實森《さねもり》侑一郎が今回のイベントを発案し、デビュー以来世話になってきた二谷《にたに》書房が主催してくれることになったのだ。

過去の多賀谷なら、けんもほろろに却下していただろう。

けれど……。

『一度きりだと約束しますから、どうか、出席してくださいませんか?』

實森の厚意を思うと、無下に断ることなどできなかった。

二谷書房の編集者にも頭を下げられ、多賀谷は渋々出席したのだった。

人気のない廊下を歩きながら、会場での實森の姿を思い出す。

糊《のり》の効いた白いシャツにクロスタイとカマーベストにスラックスという、すっかり見慣れた執事スタイルの實森が、多賀谷が書いた絵本を手に子供たちへ笑いかけていた。

二メートル近い恵まれた体軀に整った顔立ち、ゆるくカールのかかった長髪をハーフアップにした容姿は、大人ばかりでなく子供たちをも魅了した。

慈愛に満ちた穏やかな微笑みをたたえる實森を見ていると、多賀谷の胸に悶々《もんもん》とした感情が広がっていく。

「番の俺以外に、そんな笑顔見せるなよ。馬鹿」

まさか自分がこんな醜い嫉妬を抱く日がくるなんて、想像すらしたことがなかった。

アルファ作家として売り出した多賀谷だが、本当はオメガだ。

息子がオメガだったせいで夫に捨てられた母親が、多賀谷にアルファであることを強要したため、ずっとアルファを装って生きてきた。自分を偽り、オメガであることを卑下しながら、本当の自分を愛してほしいという誰にも言えない願いを、数々の作品に込めてきたのだ。

そんな多賀谷を救い、愛してくれたのが、實森だった。

アルファの特性を捨てるために抑制処置を受けた實森だが、実は【魂の番】である多賀谷と番ったことでアルファ性を取り戻している。

昨年、多賀谷は實森との婚姻を発表したのだが、天才アルファ作家と元アルファ同士のセレブ婚としてメディアで散々に取り上げられた。おかげで自宅マンションにはパパラッチが張りつき、いまだに外出する際に盗み撮りされる生活を送っている。

とはいえ、世界にたった一人、本当の自分を認めて愛してくれる實森という番を得て、多賀谷は人生で一番幸福な日々を送っていた。

ただあるがままの自分を愛してくれる人がいるというだけで、こんなにも満たされた気持ちになれるということを多賀谷は学んだのだ。

そんなとき、担当編集者として實森が提案してきた。

『これまで書いたことのない物語に、挑戦してみませんか?』

恋愛、推理、サスペンス、時代劇に異世界ファンタジーと多賀谷はバラエティに富んだ作品を世に送り出してきた。

『親子の愛を描いたホームドラマなんて、いかがでしょう? 二谷書房での会議で提案があったんです。先生なら書けると思います。挑戦してみませんか?』

多賀谷の生い立ちを知っていて、實森はあえて親子愛をテーマに推してきたのだろう。

「挑戦」という言葉に、負けず嫌いな性質が顔を覗かせる。實森に「書けると思う」と言われて拒むことなどできなかったし、何より期待に応えたいと思った。

けれど、いざ書き始めると、予期しなかった不安が多賀谷を襲ったのだ。

「うるさくて、我儘《わがまま》で、面倒なだけじゃないか。子供なんて……俺はいらない」

實森が子供好きであることは容易に想像がついた。可愛いものや小さいものが大好きで、多賀谷が知らぬ間に同じマンションで暮らす子供と仲よくなっていたりする。

けっして口にはしないけれど、きっと二人の間に子供を望んでいるであろうことも、多賀谷はなんとなく察していた。

そして、その望みを叶《かな》えられるのは、自分しかいないことも……。

けれど、そこまで考えるたびに、多賀谷は大きくて真っ黒な不安に包まれる。

はたして、自分に子育てなんてできるのだろうか。

父に捨てられ、母からは歪《ゆが》んだ愛情を与えられて生きてきた自分が、親になる未来など微塵《みじん》も想像できない。

——侑一郎なら、立派な親になるだろうけど……。

實森はきっと、世界中の誰にも負けない親になるだろう。深い愛情で子供を包み込み、正しい未来へ導いてくれるに決まっている。

だけど自分は——？

子供を産んだとして、愛情を注げないかもしれない。かつての自分の父親のように……。

もしかすると、實森もそのことに気づいていて、子供が欲しいと口にしないのではないだろうか……。

そうした悶々とした悩みから抜け出せなくなって、気づけば、キーボードを叩《たた》く手が止まり、脳内に渦巻いていたはずの物語が消え失せてしまった。

こんな自分に親子の愛情など描けるはずがない。

スランプに陥った原因を實森が知ったら、きっとがっかりするだろう。

「くそっ」

小さく吐き捨てると、多賀谷は控室の扉にカードキーを差し込んだ。そして、勢いに任せて扉を開ける。

「多賀谷先生、お久しぶりです」

そのとき、後ろから甘ったるい猫撫《な》で声に呼び止められ、多賀谷は無言で振り向いた。

「打ち合わせで食事にきていたんですけど、お見かけしてつい追いかけてきてしまいました」

親しげに声をかけてきたのは、琥珀《こはく》色の品のいいワンピースを着た若い女だ。

久しぶり……と言われたが、多賀谷は女をまったく覚えていない。しかし、過去の遊び相手の一人であることは容易に想像がついた。

「関係者以外立ち入り禁止のはずだが？」

冷たく言い放ち控室へ入ろうとする多賀谷の腕を、女が無遠慮に捕まえる。

「今日も素敵なお召し物ですね。左目の泣き黒子が相変わらずセクシーですし」

多賀谷を上目遣いに見つめ、スモーキーピンクの口紅を塗りたくった唇を突き出す。

今日の多賀谷は、ダークグレーのシンプルなスーツにオフホワイトのシャツ、藍染めのネクタイというスタイルだった。もちろん實森のコーディネートだ。

——面倒臭いな。

腕を振り払うことも、声をあげてスタッフを呼ぶこともできたが、騒ぎになっても困る。

多賀谷が黙っていると、女は搔《か》き抱いた多賀谷の腕に胸を押しつけてきた。

「アルファとのセックスが、あんなに素敵だなんて知りませんでした。私、もうずっとあの夜が忘れられないんです。ねぇ、先生。もう一度、抱いてくれませんか?」

かつて多賀谷は数多《あまた》のベータたちと浮名を流してきた。しかしそれは、オメガとして避けてとおれない発情期の、フェロモン異常を少しでも和らげるためだ。

「婚姻を結んだ相手がいることは知っているだろう? そもそも、一夜限りという約束だったはずだ」

努めて冷静に対応する多賀谷だったが、内心、過去の自分が蒔《ま》いた種に辟易《へきえき》していた。

「もちろん知ってます。でも、アルファの先生がたった一人の相手で満足できるんですか?」

すべての性の中でも、アルファはとくに精力が強い。

「それに相手は男の人でしょ。先生の優秀な遺伝子、私が残してあげたいんです」

暗に子供を産んでやると言われて、多賀谷の頭にカッと血が上った。

「あのなぁ……」

女の腕を振り解こうとした、そのとき、多賀谷の目に長身の影が映った。

「失礼。わたしのパートナーを誘惑しないでいただけますか?」

低く抑揚のない声が聞こえたかと思うと、魔法のように多賀谷の身体が宙に浮いた。視界がぐるんと回転して、一瞬、目が眩《くら》む。

「……え?」

驚きに声をあげたのは、女だ。

「さ、實森……?」

視界に床と黒いスラックスと革靴を捉え、多賀谷は實森の肩に担がれたのだと気づいた。

番となってから、多賀谷は實森のことを名前で呼ぶようになった。といっても、公の場では変わらず苗字で呼んでいる。それに対して、實森は編集兼マネージャーという立場を崩さず、滅多に多賀谷の名前を呼んではくれない。

「お前……いつの間に……?」

實森は多賀谷の問いかけには答えず、毅然《きぜん》とした態度で女に言い放つ。

「それと、子供が欲しいかどうか先生の意思も確認せず、勝手に決めつけるのはいかがなものかと思います」

實森がいつもよりやや早口で話す。言葉遣いはふだんと変わらず丁寧なのに、突き放すような言い方だ。

女は声も出ない様子だったが、やがてカツンとヒールの音を響かせて二人の前から立ち去った。

「まったく、油断も隙もないですね」

足音が聞こえなくなると、實森が大きな溜息《ためいき》を吐いた。そして、多賀谷を肩に担いだまま控室へ入る。

「おい、もういいだろ？　下ろせ」

實森の硬い肩に手をついて上体を起き上がらせて命じる。

軽やかな足取りで応接セットに歩み寄ると、實森は無言のまま多賀谷を下ろして、二人掛けのソファに腰かけさせた。そして、そのまますぐそばに膝をついて見つめる。

「先生から声をかけたのですか？」

耳を疑う質問に、多賀谷は慌てて否定した。

「そんなわけないだろう。あの女が勝手にあとをつけてきたんだ」

言いながら、多賀谷の脳内では、先ほど實森が口にした台詞が繰り返し再現されていた。

『子供が欲しいかどうか先生の意思も確認せず、勝手に決めつけるのはいかがなものかと思います』

——なら、お前はどうして、俺に確認しないんだ？

子供が欲しいなら、そう言ってくれたほうが気も楽だ。答えは出せないかもしれないが、一人で悶々としているよりいい。

喉まで込み上げる疑問を、多賀谷は不安や焦りといっしょに呑み込んだ。

「今さら先生の過去の放蕩《ほうとう》ぶりについて、とやかく言うつもりはありません。自分の好きな人がモテるのは悪くありませんが、手を出されるとなると話は違ってきます」

「どういう意味だ？」

實森の言葉の端々に棘《とげ》を感じて、多賀谷は首を傾げた。

「いっそ、多賀谷虹はオメガだと……わたしの運命の番だと宣言してしまえたら、醜い嫉妬の炎に身を焼かれるような気分を味わわずに済むのでしょうか」

實森の口から出たとは思えない台詞に、多賀谷は動揺を隠せない。

「……侑一郎？」

つねに落ち着いていて余裕の笑みをたたえている實森が、見知らぬ男のように見える。

「どんなに綺麗《きれい》な蝶《ちょう》が飛んできても、けっして、止まらせたりしないでください」

白い手袋を着けた手が多賀谷の膝を撫でたかと思うと、そのまま内腿《うちもも》へと滑り込んできた。そうして、膝を押し広げてから、實森が身体を進み入れてくる。

「あなたはわたしの番なんですから」

實森が掠《かす》れた声で囁《ささや》き、腰を浮かせて顎先へキスをしてきた。

「待っ……」

制止の声は、あっさりと熱を帯びた唇に呑み込まれてしまう。

口づけはすぐにより深いものとなった。薄く開いた唇に實森がすかさず舌を差し入れ、多賀谷の舌を掬《すく》い取る。

「ふっ……ぅん」

こんな場所でキスをしてくるとは思ってもいなかった多賀谷は、ただひたすら驚くばかりだった。背をのけ反らせたところを利用するように、背もたれへ押さえつけられる。

座面を軋《きし》ませて膝を乗り上げると、實森は多賀谷のベルトに手をかけた。

「……ばっ。やめ……」

手を伸ばそうとしたが、バランスを崩して座面に横倒しになってしまった。

「わたし一人で満足できるように、しっかり……お相手してあげます」

ベルトのバックルはすでに外され、ダークグレーのスラックスの前もすっかり寛げられている。實森の器用な手先の前では、多賀谷の抵抗などまるで意味をなさない。

「侑一郎……っ。お前、正気なの……か？」

覆い被さってくる執事を見上げ、きつい視線を投げつける。

「わたしがあなたのことで、正気でなかったことなどありましたか？」

右手で多賀谷の肩をしっかと押さえつけたまま、實森がふわりと微笑む。

その、情欲を帯びた妖しい微笑みに、多賀谷は腰の奥が甘く痺《しび》れるのを感じた。

控室に、ゆっくりと仄《ほの》かな柑橘《かんきつ》の香りが漂う。

實森のアルファフェロモンの匂いだ。

「わたしを妬《や》かせた、あなたがいけない」

艶めいた漆黒の瞳で見つめられたら、理性なんて一瞬で吹き飛ぶ。

實森のフェロモンに応えるように、尻の奥が勝手に濡《ぬ》れていく。股間は触れられもしないのに完全に勃ち上がっていた。胸が高鳴り、体温が上昇していく。

どうしたって、番に求められたら、拒むことなんてできない。

「愛しています」

下半身だけを實森の眼下に晒《さら》し、多賀谷は無防備に身体を開いた。

實森が手袋を口に咥《くわ》えて脱ぎ捨て、忙しい手つきで窄まりを解しにかかる。

「あっ、あぁ……っ」

「まだ、閉会の挨拶が残っていますから、この格好で我慢してください」

座面に膝をつき、背もたれに上体を預け、實森に尻を突き出した体勢は、多賀谷の羞恥心を煽《あお》り立てた。と同時に、背徳感に背筋が震える。

「さあ、しっかり……味わってください」

太く大きなアルファの性器が、浅ましく濡れた後孔へ挿入される。

「あ、あぁ……。ゆぅ……いち、ろっ」

痛みはない。ただ強烈な圧迫感に、多賀谷は喉をのけ反らせて喘《あえ》いだ。

「一番奥を、突いてあげます。時間が、ないですから……ね」

腰をグラインドさせる實森の声が弾んでいる。腰を摑《つか》んだ掌が汗ばんでいた。

「心配……させないで、くださいっ」

濡れた窄まりを實森の性器が湿った音を立てて行き来する。

「わたしには……あなたしか、いないのですからっ」

余裕なく上擦った声で背中越しに囁かれて、多賀谷は歓喜に全身を震わせた。

「お、俺も……お前、だけ……だからぁ……」

目の奥が熱く痺れる。

いつスタッフがやってくるかわからないという不安が、異様な速さで多賀谷を絶頂へと押し上げた。そしてそれは、實森も同じだったらしい。

「出し……ますよ」

耳許へ告げられて、多賀谷は無言で何度も頷《うなず》いた。大きな手で性器を扱かれる快感も相まって、言葉を紡ぐこともできない。

「全部、一滴残さず……受け止めてください……っ」

腰骨に爪が当たるほど強く右の腰を摑まれ、腹の底を穿《うが》たれる。

「あ、あぁ……っ！」

次の瞬間、目の前が真っ白になったかと思うと、多賀谷は實森の左手の中に射精して果てたのだった。

続いて實森が絶頂を迎え、宣言どおりに多賀谷の腹へ精液を解き放った。

甘い絶頂の余韻に意識が霞《かす》む。

多賀谷はぼんやりと天井を見上げた。

自宅でもなければホテルのベッドでもないこんなところで、何故、實森は行為に及んだのだろう。

腹の奥に實森の精子を感じながら、ふと考える。

いっそ、このまま妊娠してしまったら、アレコレ考える暇もないのに……。

「……愛しています」

項に實森の唇を感じながら、多賀谷はこっそり奥歯を嚙《か》み締めた。

「無事に終わってよかったですね」

厚手のボディシートに消臭スプレー、替えの下着と携帯用のミニアイロン等を、何故實森が持っていたのかなんて、この際どうでもよかった。

控室での忙しないセックスのあと、事後の余韻に浸る余裕などまるでなかった。實森が後始末をしているところへ、スタッフが二人を呼びにきたのだ。

「最後のご挨拶もとても素敵でした。さすが先生です」

多賀谷の腕を支え持つようにして隣を歩く實森を、多賀谷は無言で睨《にら》みつけた。

事後の気怠い身体を叱咤《しった》して、ともすれば尻から實森の精液が流れ落ちやしないかとビクビクしつつ、多賀谷はツンと澄ました顔でイベント参加者たちの前に立ったのだ。

控室へ向かって歩きながら、實森が小声で問いかける。

「少しは気分転換になりましたか？」

人目のない廊下に入ったところで、さりげなく多賀谷の腰を支えてくれた。

「……さぁな」

まさか、「ほとんど会場にいなかったのに、わかるわけない」とは言えない。

「まあ、読者の顔なんて、児童書の場合はとくに見る機会なんてないだろうからな」

多賀谷は曖昧な言葉で返した。ほんの短い時間だったが、子供たちが自分の絵本を楽しむ姿は、素直に嬉《うれ》しいと思った。だが、気分が晴れたかと言われたら答えに詰まる。

「本当は嫌だったのでしょう？　引き受けてくださってありがとうございました」

　實森は申し訳なさそうに微笑むと、素早く周囲を見回して、多賀谷の額に掠めるようなキスをした。

「お、お前……っ。こんなところで何をっ」

「大丈夫。誰もいません。それに、わたしたちは世間に認められたパートナーなのですから、誰に見られようと気にする必要はないでしょう？」

　――そこは、番だからって言えよ。

　實森に抱き竦《すく》められながら、多賀谷は胸の中でこそりと不満を漏らした。

「だからって、どこでカメラが狙ってるかわからないんだぞ」

　婚姻を発表した直後から、それまで以上にメディアやファン、野次馬に執拗《しつよう》に追い回されて、多賀谷のメディアに対する嫌悪はいっそう強くなっていた。

　實森に愛されて、ようやく本当の――オメガである自分を受け入れられるようになったのに、人前ではいまだにアルファらしく振る舞わなければならない。慣れているとはいえ、心に反する行動は多賀谷にとってストレスでしかなかった。

　かつては顕著だったバース性による偏見が時代遅れとなりつつある現在、同性同士の婚姻も珍しいことではなくなっている。そのため、人気作家多賀谷虹と担当編集者との婚姻は、世間にあっさり受け入れられた。

　しかし、多賀谷がアルファではなくてオメガで、實森と番となったことまでは公表していない。そんなことをしたら、婚姻を発表したとき以上の騒動が勃発するに決まっている。

「先生。せめて、わたしの前では、あなたはあなたらしくいてくださいね」

どこか愁いを帯びた漆黒の瞳に見つめられて、多賀谷は何も言えなくなった。

目頭が熱くなって、唇が震える。

人目を気にして遠ざけたばかりの逞しい胸に、縋《すが》りつきたい衝動が込み上げてきた。

そのとき――。

「パパッ！」

多賀谷の目に、ポールパーテーションの向こうから駆けてくる子供の姿が飛び込んできた。淡い水色を基調としたチェックの開襟シャツに濃紺の蝶ネクタイ、濃紺の半ズボンに白いハイソックスと黒のローファーといったスタイルで、小さなランドセルタイプの鞄《かばん》を背負っている。鞄はツヤツヤとした光沢を放っていて、遠目にも高級ブランド品であることが窺《うかが》い知れた。

「パパ！　やっと会えた！　本物のパパだ！」

見知らぬ子供は多賀谷の数歩手前で足を止めると、キラキラと輝く丸い双眸《そうぼう》でこちらを見つめる。

「誰がパパだって？　冗談じゃな……」

咄嗟《とっさ》に否定しようとした多賀谷だったが、子供の顔を間近に認めた瞬間、ハッとして声を失った。

「先生に、そっくり……ですね」

思わず口を衝いて出たというふうに實森が呟く。

その言葉どおり、目の前の少年は多賀谷によく似た顔立ちをしていた。年のころは、おそらく四、五歳といったところだろう。少し癖のある髪は栗茶色で、白い肌や頰から鼻梁《りょう》に浮いた雀斑《そばかす》は、異国の血が混じっていることを想像させる。嘴《くちばし》みたいにツンとした唇は厚く、子ネコみたいな丸く大きな瞳はくっきりとした二重だ。そして、何より目を引いたのは——。

「なんて綺麗な瞳……」

實森が感嘆の溜息を漏らす隣で、多賀谷は慄然として肌を粟立《あわ》たせた。

子供のつぶらな瞳が、角度によって色を変える鮮やかなアースカラーだったのだ。多賀谷の瞳より青みが薄く紫がかった双眸は、雨に濡れる紫陽花《あじさい》のようだ。

イベントに参加していた子供でないことは確かだった。もしこんなに目立つ子供がいたら、当然目を引いただろう。

「パパ、レイだよ？　わからないの？」

黙り込んだ多賀谷を、子供が不安そうに見上げて呼びかける。

縋るような眼差しを向けられて、多賀谷は無意識のうちに後ずさった。

「人違いじゃ、ないのか？」

實森がさりげなく多賀谷を自分の背に庇《かば》うよう立ち位置を変える。

「ねぇ、きみ……。レイくんといったかな？」

實森はゆっくりしゃがむと、レイと名乗った子供と目線を合わせた。

「もしかして、この人がきみのパパによく似ていて、見間違えたのではありませんか？」

「違うよ。ぼくのパパはそこにいる多賀谷虹だよ」

レイはふるふると首を振ってきっぱりと断言した。

「え……？」

かすかに驚きの声を漏らして、實森がこちらを振り返る。

その双眸に動揺の色が滲んでいるのを認め、多賀谷は激しい焦燥を覚えた。

實森に妙な誤解を与えたくない。

そう思った瞬間、多賀谷は早口で捲《まく》し立てた。

「俺に子供なんか存在するはずがない」

たしかに、かつての多賀谷は数多の浮名を流し、爛れた生活を送っていた。しかし、避妊対策には万全を期してきたつもりだ。

「子供だからといって嘘《うそ》が許されるわけがない。親はどこだ？　イベントの抽選に外れたのか？　サインなら書いてや……」

あまりにも自分に似たレイの出現に動揺を隠しきれない。

「違う！　嘘なんかじゃない！」

レイは突然大声で叫んだかと思うと、實森の脇をすり抜けて多賀谷の足にしがみついた。

「ぼくのパパは多賀谷虹だ！　世界で一番、ゆ、ゆうしゅうでかっこいいアルファの王様で、ぼくもおなじアルファだってママが言ってたんだから！」

レイがうっすら雀斑が浮かんだ頬を紅潮させて叫ぶ。

「ば、馬鹿っ！　放せ……っ」

相手が大人なら無理矢理にでも振り解いたが、子供相手に乱暴なことはできない。

多賀谷が困惑していると、實森がそっとレイの肩に手を伸ばした。

「レイくん。きみのママがどこにいるか、教えてもらえませんか？」

レイを落ち着かせようとしてか、穏やかな笑みとともに問い尋ねる。

しかし、レイは多賀谷の膝のあたりにきつくしがみついて、いっそう大きな声をあげた。

「ママなんか、知らないっ！　ぼくは今日からパパといっしょに住むんだ！」

すると、言い争う声に気づいたのか、ポールパーテーションの先で数人が足を止めた。

そして、多賀谷たちを認めた途端に派手な歓声をあげてざわめき出す。

「ねえ、あれって……多賀谷虹、じゃない？」

「うそ！　じゃあ、いっしょにいるのって……」

好奇心に満ち満ちた複数の視線に、多賀谷の背筋を悪寒が走り抜ける。鼓動が速まり、頭の中が真っ白になりそうだ。

そのとき、實森がすっくと立ち上がって多賀谷の肩を抱き寄せた。

「先生、こちらです」

「え……?」

促されるまま足を踏み出す。

ふと見れば、實森は左腕にレイを抱いていた。

「ここで言い争っていても埒《らち》が明きません。控室でこの子の話を聞いてみましょう」

「……うん」

實森と並んで歩きながら、多賀谷はチラッとレイへ目を向けた。

レイは實森の肩に手をまわして、どことなく心配そうな顔をしていたが、多賀谷と目が合うと嬉しそうに笑いかけてきた。

「さあ、どうぞ」

咄嗟に顔を背ける多賀谷の胸に、怒りと焦り、そして言い知れぬ不安が渦巻く。

多賀谷に向けてか、それとも腕に抱いたレイに向けてか、實森が鍵を開けて控室の中へ二人を誘う。

「先生が休まれるのでこちらには近づかないようにとスタッフに説明してきます。その間、二人とも静かに待っていてくださいね」

實森はレイを応接セットの一人掛けソファに腰かけさせると、すぐさま控室から出ていった。

多賀谷は庭園が見渡せる窓際に置かれたカウチにどっかと腰を下ろし、レイに対して完全無視を決め込む。視線を上に向けると、都心とは思えない澄んだ青空が広がっていた。蟬《せみ》の鳴き声がどこか物悲しく響き、空も少し高く感じられる。

「パパ」

多賀谷の機嫌を窺うように、不安を滲ませた声でレイが呼びかけてきた。

「ねぇ、パパ。もしかしてママのこと忘れちゃった？　マリンって名前、覚えてない？」

「……ていうか、俺はお前のパパじゃないって言ってるだろう？」

庭の芝生を凝視しつつ言い返す。マリンという名の女を、多賀谷はまるで覚えていない。そもそも、一度限りの遊び相手のことなど、ほとんど記憶していなかった。

我ながらクズだな……と自嘲しつつ、今さら過去を振り返ったところでどうすることもできない。

「失礼します」

控室に戻ってきた實森は、グラスを手にしていた。

「レイくん、喉は渇いていませんか？　オレンジジュース、口に合うといいのですが……。

遠慮せずに召し上がってください」

実森がレイの前のローテーブルにグラスを置く。

すると、レイは一瞬だけ躊躇《ためら》う素振りを見せたが、やがてグラスに手を伸ばしてストローを咥え、こくこくと飲み始めた。

レイの緊張が解れたタイミングを見計らったのか、實森が床に膝をついて尋ねる。

「もう一度、苗字とお名前を教えてくれますか？ わたしは實森侑一郎といって、多賀谷先生の身のまわりのお世話をさせていただいている者です」

まるで大人を相手にするような實森を、多賀谷は横目で睨みつけた。

「みょーじは、田中《たなか》だよ。田中レイっていうんだ」

ストローから口を離して、レイが素直に答える。

「では、お母様の名前を聞かせてもらえませんか？」

すると、母親を毛嫌いするような態度を見せたレイが、意外にもあっさりと口を開いた。

「ママは、マリンっていうんだよ。あのね、ママはみょーじ好きじゃないって言ってた。フツーすぎてイヤなんだって」

レイは聞かれてもいないのに、實森に向かって自分のことを話し出した。

「ママはいつもお仕事が忙しいんだ。でも、世界一のアルファのパパに恥ずかしくないように、いつもいい子でいなさいって……。ぼく、いつかパパが迎えにきてくれるって信じて、ずっといい子でいたんだよ……」

身を乗り出して期待に満ちた目で見つめてくるレイを、多賀谷は見返すことができない。

「ねぇ、パパ！　やっとぼくを迎えにきてくれたんだね？」

レイの視線を痛いくらい感じながらも、多賀谷は何も答えられなかった。あまりに自分に似たレイを、自分の子供かもしれない存在を前にして、どうすればいいのかわからない。

實森が立ち上がって多賀谷に近づいてきた。

「先生。本当に、心あたりはないんですね？」

腰を屈めて多賀谷の表情を窺う實森に、多賀谷は声を荒らげた。

「あるわけないだろ」

「過去の先生の振る舞いを思うと、絶対とは言いきれないかと。気遣いはされていたでしょうが、その……完璧に防げていたかはわからないでしょう？　それに……」

實森がチラッとレイを見やってから、多賀谷に耳打ちしてきた。

「あそこまで生き写しだと、赤の他人と断言するのは難しいのではないでしょうか」

「そ、それは……」

自分の子ではないと否定しながらも、多賀谷自身「もしかしたら……」という不安が拭えずにいた。

「何より、あの瞳……。先生ほど鮮やかではありませんが、アースカラーの瞳を持つ子供など、日本では滅多に見かけません」

「だからって……」

身に覚えがなくもない、自分にそっくりの、子供。小さな不安がどんどん大きく膨らんでくる。

「とにかく、この子の母親を捜さないと」

気持ちを切り替えるかのように、實森が明るく言う。

「レイくん。申し訳ありませんが、鞄を拝見してもよろしいですか？」

オレンジジュースを飲み干してしまったレイに歩み寄ると、實森はずっと背負われたままの革の鞄を目で示した。レイの身元や母親に繋《つな》がる手掛かりが入っていないか、確かめるつもりなのだろう。

「べつに、いいけど」

レイが答えると、實森はわずかに会釈をして、鞄を下ろすのを手伝ってやった。

多賀谷は少し体勢を変えると、こっそり二人の様子を見守った。

「素敵な鞄ですね。革製でしっかりしているうえに、軽くて使いやすそうです」

「素敵なんかじゃない。ぼくは、ママが作ってくれたリュックのほうが好きなのに、今日はこれにしてって言うから……」

持ち物を褒められて喜ぶどころか、レイはあからさまに不機嫌な顔で唇を尖《とが》らせる。

「レイくんは、優しいのですね」

實森は少し困ったような笑顔でそう言うと、レイに断りを入れて鞄を開けた。そして、そっと手を差し入れる。

「これは……」

實森が鞄の中から一冊の絵本を取り出した。

「俺の、絵本だと？」

實森が掲げてみせたのは、多賀谷がはじめて書き下ろした絵本だった。

真新しい高級ブランド品とはまるで不釣り合いな、角や背表紙がボロボロになるまで読み込まれた絵本に、多賀谷は思わず目を瞠《みは》る。

「そうだよ。パパの本だよ。ぼくが生まれる前からママが大切にしてたお気に入りなんだ」

レイは「返してくれ」と言わんばかりに實森に向かって手を伸ばした。

「宝物、なのですね」

ふわりと優しく微笑んで、實森がそっとレイに絵本を返す。

「うん。ぼくが三歳のときにママがくれたんだ。ぼくがパパの……多賀谷虹の子供だってしょ……しょうこ？　だからって」

レイはぷっくりとした小さな手で絵本の最後のページを開いた。

「ほら、ここにパパのサインと『マリンさんと生まれてくる赤ちゃんへ』って書いてる」

どうだ、とばかりにサインを見せつけるレイに、多賀谷と實森は無言で顔を見合わせた。

そのサインは、二谷書房のサイン本企画で読者に書いたものだった。当時、ライトノベルや文芸ジャンルでは名を知られていた多賀谷だったが、絵本の出版ははじめてだったこともあり、販促の一環として実施されたのだ。おそらく、当選したレイの母親が希望したとおりの為書きを多賀谷が添えたのだろう。

「それは……」

「先生」

真実を伝えようとした多賀谷の肘を、實森が咄嗟に摑んだ。

「どうして止めるんだ」

實森は無言で首を振って多賀谷に目配せした。どこか悲しげに見える視線は、大事そうに絵本を抱き締めるレイに向けられている。

「ぼくの、宝物なんだ。パパと……ぼくを繋いでくれる、たった一つの宝物なんだ」

レイは絵本を開くたび、会ったことのない多賀谷——父親に想いを馳せたのだろう。

「ぼく、パパの絵本を読みたくて、一生懸命に字を勉強したんだ。ママに内緒でまわりの人にこっそり教えてもらって……」

ゆっくり絵本を捲りつつ、レイは話し続ける。

「それでね、ぼく、ママのお誕生日に……読んであげたんだ。そしたらママ、すごく喜んでくれて『すごいわ。レイ！　さすが多賀谷虹の子だわ！　きっと立派なアルファになるわね』って言って、ぼくをぎゅっと抱き締めてくれた」

「三歳で、その絵本を読めるようになったのですか？　しかも独学で……」

レイが手にした絵本は幼児を対象にしているが、大人が読み聞かせることを前提に書き上げたものだ。それをレイがすでに読めるということに、多賀谷も驚きを隠せない。

しかし……。

「うん。仕事でいつも大変そうなママを、びっくりさせたかった。喜んでほしかったんだ」

薄紫の瞳にうっすらと涙を滲ませるレイの横顔が、多賀谷の胸を強く締めつける。

『喜んでほしかったんだ』

母親の笑顔が見たいがために、レイがどれほどの努力をしたのか、多賀谷には痛いくらいわかったからだ。

オメガに生まれた多賀谷がアルファと偽って生きてきたのは、ただ母に笑っていてほしかったから……。レイと同じく、喜ばせたかったからにほかならない。

「でも、ママにはもう……ぼくは邪魔者なんだ」

ポツリと零れた涙声に、多賀谷と實森は息を呑む。深い事情があるようだ。

母親の言葉を信じ、多賀谷を父親だと言い張るレイ。

それなのに、母親にとって自分は邪魔者なのだと言って、涙を浮かべる。

ワケありな様子の幼児を、これ以上質問攻めにすることなどできなかった。

そのとき、控室の扉がノックされた。

「失礼します。あの、實森さん。ホテルの支配人が多賀谷先生にご挨拶したいと……」

遠慮がちなスタッフの声に、多賀谷は實森と顔を見合わせた。

「わかりました。こちらから参ります。少しお待ちいただけますか?」

返事をすると、實森はすっくと立ち上がった。そして、レイの肩にそっと手を置く。

「レイくん。少しの間、ここで待っていてくれますか?」

レイは不安そうな目で實森を見上げた。

「ぼくを置いて、いなくなったりしない?」

「ええ」

實森がにっこり微笑むと、レイはあからさまに安堵《あんど》の表情を浮かべた。

「では、先生。参りましょうか」

「ああ……」

「パパ、頑張ってね。ぼく、いい子で待ってるから!」

レイの無邪気な笑顔に見送られ、多賀谷は實森とともに控室をあとにした。

歩き出すなり、實森が話し始める。

「レイくんのことですが、ホテルの利用者や今日のイベント関係者の中に母親の名前がないか、支配人に確かめてもらいましょう」

前を歩く實森の表情はわからないが、どことなく棘があるように聞こえるのは気のせいだろうか。

「それと、あの絵本のサイン企画の当選者一覧が残っているか、二谷書房に確認するよう指示を出します」

「……あの、さ」

多賀谷はまっすぐ伸びた背中へ呼びかけた。

「本当に身に覚えがないんだ。アイツのことも……マリンなんて女のことも……」

後ろめたさが、多賀谷を苛み続けていた。

實森が足を止めて振り返り、いつもと変わらない穏やかな笑顔で多賀谷を見つめる。

「その点については、確かめようと思えばいつでもできます。今はあの子を保護するという大人としての責任を果たすことが大事だと思いませんか」

多賀谷を父親だと言い張るレイを、實森はいったいどう受け止めているのだろう。何より、絶対に違うと言いきれない過去を持つ多賀谷のことを、どう思っただろうか。

「それは、そうだが……」

實森の落ち着き払った態度が、多賀谷の不安を掻き立てる。

せめて、「信じている」というひと言でもあれば、ここまで不安を感じることもないだろうに……。

「あまりお待たせしては失礼です。急ぎましょう」

踵を返して歩き出した實森に、多賀谷は黙って従ったのだった。

「先生。いい加減、ご機嫌を直してくださいませんか」

「はあ？　誰のせいで機嫌が悪いと思ってるんだ？」

そっぽを向いたまま吐き捨てて、多賀谷はすぐ隣の座席を睨みつけた。

「だいたい、何故コイツを連れて帰らなきゃならないんだ」

多賀谷の隣には、くったりとなって寝息を立てるレイが座っていた。その胸には宝物だという多賀谷のサイン入り絵本がしっかり抱えられている。

レイの母親について調べたが、結局、ホテルからも二谷書房からも現時点ではなんの手がかりも得られなかった。

読み聞かせイベント終了後、實森と二谷書房、そして多賀谷のマネージメントを担っているティエラプロとで、レイをどうするか話し合いがもたれたのだが埒が明かず、結局、

「迷子の届け出をしておいて、わたしどものほうでこの子を預かることにしませんか」

實森がそう切り出したのだった。

多賀谷は即座に反対したが、二谷書房とティエラプロはすぐに賛成した。下手に警察や児童相談所に預けて、多賀谷の隠し子だなどと噂《うわさ》が立つことを恐れたのだ。

「大丈夫です。先生はふだんと変わりなく過ごしてください。レイくんのことはわたしが責任をもってお世話しますので」

にっこりと笑みを浮かべる實森に、多賀谷は既視感を覚えずにいられなかった。

『今日から先生と同居して身のまわりのお世話をさせていただくことになりました』

はじめて出会ったときの記憶が脳裏に蘇《よみがえ》る。

「勝手にしろ！　だが、俺は一切アイツとかかわるつもりはないからな！」

實森の面のような笑顔の前では、どんなに駄々をこねたところで拒否できないことを、多賀谷は身をもって知っていた。

結果、多賀谷はレイとともにタクシーに乗り、自宅マンションに向かうことになったというわけだ。

——なんだってこんなことに……。

助手席の實森を睨んだそのとき、視界の端でレイの首がカクンと大きく揺れた。深く垂れた首が、車の振動に合わせて揺れている。

『ぼくは……邪魔者なんだ』

そう呟いたときのレイの表情が、多賀谷はどうしても忘れられなかった。

母親の「多賀谷虹がパパだ」という言葉を頑なに信じていたり、喜んでほしいと言ったレイ。それなのに何故、その母親から離れようとするのか。

多賀谷の目に、幼いころの自分とレイの姿が重なる。

笑顔でいてほしい。

喜んでもらいたい。

愛してほしい……。

そう願いながら、母のために本当の自分を殺してアルファを演じ続けてきたからだ。

『世界一のアルファのパパに恥ずかしくないように、いつもいい子でいなさいって……。ぼく、いつかパパが迎えにきてくれるって信じて、ずっといい子でいたんだよ……』

レイだけでなく、世界中の人々が多賀谷虹をアルファだと信じ込んでいる。デビュー時からそう謳《うた》ってきたのだから当然だ。

多賀谷がアルファではなく、オメガだという真実を知る者はごく少数しかいない。ティエラプロと二谷書房の社長、そして多賀谷をデビューから面倒見てきた二谷書房文芸部の編集長だ。多賀谷がオメガだと偶然知ってしまった者が一人いるが、彼とは契約書を交わして口止めしている。

ほかに真実を知る者は、多賀谷の母と遠い異国で暮らすアルファの父、そしてその一族だけだ。十歳のときに離縁されて以来、父とは連絡すらとっていない。母とも、デビュー後に上京してから会っていなかった。オメガの子を産んだためにアルファである父に捨てられた母は心を病み、息子をアルファと信じたまま年を重ね、故郷の施設で暮らしていた。

だが、實森との婚姻で注目されてメディアが押しかけてしまい、今は国外の施設にいる。

「先生。着きましたよ?」

不意に声をかけられて、多賀谷は我に返った。

「慣れないイベントでお疲れでしょう。部屋に戻ったら、横になってはいかがですか?」

開かれた後部扉の外から、實森が気遣いのこもった言葉をかけてくれる。

「べつに、疲れてなどいない」

実際、多賀谷は最初と最後の挨拶をしただけで、会場にもほとんどいなかった。疲れたように見えたのなら、それはきっと……。

「レイくんを起こしてしまうのは可哀想なので、わたしが抱いていきます。先生は手荷物だけ持ってくださいますか? 残りはコンシェルジュに部屋まで運んでもらいましょう」

實森はレイを軽々と片腕で抱き上げ、絵本と革の鞄をもう一方の手にまとめて持った。

「さあ、先生。いきますよ」

多賀谷は無言で實森のあとに続きながら、スヤスヤと寝息を立てるレイを見つめた。

色素の薄い髪と肌。小づくりだがくっきりとした顔立ち。そして、今は閉じられている虹色に煌《きら》めくアメジストのような瞳。

たしかに、自分に似ていると思う。

本当に、俺の子供なのか——。

田中マリンというレイの母親の名を聞いても、多賀谷は何も思い出せなかった。

しかし、記憶にないからといって、絶対に違うとは言いきれない。實森が言ったとおり、避妊に失敗はつきものだからだ。

たとえそれが、多賀谷の不可抗力によって起こった事故だったとしても——。

自室に向かう間、二人は無言だった。多賀谷は何を話せばいいのかわからなくて黙っていたのだが、實森はレイを起こさないように気を遣ったのかもしれない。

最上階直通の専用エレベーターの扉が開き、エントランスホールが目に飛び込んでくる。高級カーペットが敷かれたホールには、青々とした観葉植物や落ち着きのあるアンティークの調度品が置かれていた。

中世の古城を思わせる大きな扉の前に實森が立ち、認証システムキーを解除する。

「お疲れ様でした」

レイを抱いたうえに絵本や鞄まで持った實森が、軽く会釈しつつ器用に玄関扉を開ける。

「……うん」

胸の中にモヤモヤした感情を抱えたまま、多賀谷はまっすぐに自室へ向かった。リビングルームに続く扉の向こうから、マシュカの鳴き声が聞こえたが足は止めない。

「先生。着替えが済んだら、リビングにきてください。レイくんのことでお話があります」

多賀谷の背にやや早口で實森が呼びかけるが、その声も無視して自室に入って扉を閉じたのだった。

その後、部屋着として愛用しているスウェットの上下に着替えた多賀谷が、重い足を引き摺《ず》るようにしてリビングルームに顔を出したのは、帰宅して一時間あまりが経ってからだった。

リビングルームの扉ではなく、続き間になっているダイニングルームのガラス扉からそっと様子を窺う。すると、足許のガラス越しに「にゃあ」と鳴いてこちらを見上げるマシュカの姿があった。

おずおずと扉を開くとマシュカがすぐに身体を擦りつけてきて、甘えた声で鳴き続ける。

「ただいま、マシュカ」

實森と出会った日、テレビの企画がきっかけで飼うことになったキジ白の子ネコは、もうすぐ一歳半になろうとしている。動物と触れ合ったことのなかった多賀谷は、最初こそマシュカの存在に困惑したが、今では大事な家族の一員となっていた。

「先生、ちょうどよかった。朝仕込んだプリンがよく冷えています」

キッチンに立っていた實森が、いつもと変わりない態度で多賀谷に微笑む。

「お茶を用意しますから、あちらに座って待っていてください。紅茶は冷たいほうがよろしいですか？」

「うん」

「承知しました。シロップは少し控えて、一つだけにしましょう」

カマーベストの上にフリルをあしらったエプロンを着け、實森は手際よく紅茶を淹《い》れる準備を始める。

多賀谷は足許でうるさく鳴き続けるマシュカを抱き上げてリビングルームに向かった。そして、定位置となっているコーナーカウチに腰を下ろす。窓の外には白い飛行機雲が一本だけ伸びた青空が広がっていて、多賀谷は思わず見惚《みと》れてしまった。

「レイくんは、客間で眠っています」

客間は以前、實森が多賀谷の監視役として押しかけてきた際に使っていたが、それまで客間を利用した「客」は一人もいない。そもそも多賀谷は他人を自分のテリトリーに入れることを嫌っていたため、客間はお飾りでしかなかった。二人が番となって寝室をともにするようになってはじめて、小さな客人を迎え入れたことになる。

實森がガラス製のローテーブルに銀製の皿に盛られた焼きプリンをそっと置く。

「ふぅん。ようやくあの部屋も客間としての役割を果たせたってことか」

しかし、實森は多賀谷の嫌みなどまったく意に介さない。澄ました顔で冷たい紅茶が注がれた美しい切子のグラスをそっとコースターの上に置いた。

「ティエラプロから警察に連絡をして、レイくんの母親を探してもらうことになったそうです。あと探偵事務所にも依頼するとか」

業界最大手の芸能プロダクションともなると、人探しまでやるのか……などと思いつつ、多賀谷はプリンをスプーンで掬い取る。

「よく、レイくんを預かることを認めてくださいましたね」

實森が多賀谷の左脇に立ったまま、静かに問いかけてきた。二人きりのときでも、實森はいまだに執事然とした態度を崩さない。

「認めるも何も、俺の許可なんて必要としていなかっただろう」

「それでも、本当に嫌なら、先生は断固として拒絶したはずです。それに、先生はあのとき『勝手にしろ』とおっしゃいました」

「……だから、なんだ?」

實森の表情を横目で窺いつつ、多賀谷は手を止めることなくプリンを口に運ぶ。濃厚な卵の味わいと、カラメルの適度なほろ苦さが口に広がって、つい頬がゆるみそうになった。

「先生の『勝手にしろ』は、了承や許諾と同じ意味だと解釈しているのですが、違いましたか?」

多賀谷は實森の顔を覗《のぞ》き込んで、わざとらしく口角を引き上げる。嫌みたらしい笑顔に、多賀谷はスプーンを口に咥えたまま固まってしまった。

それまで多賀谷の膝で丸くなっていたマシュカが、何かを察したかのように床へ下り、そのままキャットタワーに登って身を隠す。

「すみません」

数秒の沈黙のあと、實森が眉尻を下げたかと思うと、大きな手で多賀谷の頭にそっと触れてきた。そのまま多賀谷の頭を抱き寄せて、顳顬《こめかみ》のあたりに軽くキスをする。

「ちょっと意地悪がすぎました」

子供をあやすように多賀谷の髪を撫でながら、實森が続ける。

「情けない話ですが、動揺しているというか……」

多賀谷はそっとスプーンを皿に置くと、實森の腕にすっかり身を預けた。そして無言で話を聞く。

「あなたの言葉を疑っているのではなく、漠然とした不安や……嫉妬といった、上手く言葉で表現できない感情に戸惑っているのです」

グラスの中で、氷がカランと音を立てた。

「俺の子じゃない……と思う」

そう返すほかに、どんな言葉をかけてやれば實森が安心するのかわからなかった。

「だが、お前が言ったように……絶対とは言えない」

ティエラプロでは、今後の流れ次第でレイと多賀谷の遺伝子検査をすることも視野に入れているらしい。

「ええ。わかっています」

ゆっくりと頷くと、實森はカウチの横へ膝をついた。

「それでも、あの子を預かる気になったのは、ご自分の境遇と重なる部分があったからなのでしょう？」

多賀谷は實森の視線を受け止めたまま、頷くこともできなかった。まさか、そこまで見抜かれていたなんて思っていなかったからだ。

「先生は優しい方ですからね」

「べつに、優しくなんか……」

自分が我儘で気遣いの足りない人間だということは自覚しているつもりだった。

フッと目を細めて、實森がさらに続ける。

「あんなに感性豊かな物語を創り上げる人が、冷徹無比な人間のはずがないでしょう？それに、今日のイベント会場でスタッフが言っていました」

どこか嬉しそうな顔をする實森を訝《いぶか》りつつ多賀谷は首を傾げた。

「『以前は気難しくて、アルファそのものといった雰囲気で近寄りがたかったのに、最近の多賀谷先生は丸くなった』だそうですよ」

「お世辞じゃないのか」

若干の気恥ずかしさに、多賀谷はふいっと顔を背ける。

「そんなことはありません。わたしも同じように感じています」

實森が聞いた話によると、以前は話しかけても返事すらまともにされたことがなかったのに、最近は挨拶にも応えてくれるようになったと、ティエラプロや二谷書房でも多賀谷の評判がじわじわ上がっているという。

「そういえば、先日発売になった雑誌の特集で、理想のアルファセレブ一位だったとか」

メディアへの露出が減ったとはいえ、多賀谷の美貌や売れっ子作家という肩書は、事あるごとに取り沙汰されていた。

「そんなもの知るか。外野が勝手に騒いでいるだけだ」

「世間の人々の話題になることは、作家としてありがたいですが……」

實森は多賀谷の手を握ると、膝をついたまま上体を伸び上がらせて顔を近づけた。

「あなたの可愛らしさに気づく人が増えると、ちょっと困りますね」

「え？」

気づいたときには、唇を塞がれていた。

實森は口づけたままゆっくり立ち上がり、多賀谷をきつく抱き締めた。少し背中を丸めて口づけの角度を変えると、多賀谷の項を左手で支えて上向かせる。

「う、んっ」

ぬるっとした舌が差し込まれ、抗う隙もないまま多賀谷は舌を搦《から》め捕られた。

實森はまるで渇きを癒やすかのように多賀谷の唾液を啜る。

いつになく乱暴な口づけに、多賀谷の腹の奥がジンと疼《うず》いた。スランプに陥ったせいで仕事量が減った分、實森といる時間が増え、身体のどこかをつねに触れ合わせつつ日々をすごしている。

ホテルの控室で刹那的に身体を繋げたが、實森の衝動を一方的に押しつけられたという感覚が胸にあった。ふだん抱き合うとき、實森は時間をかけて多賀谷をじっくり蕩けさせてくれる。丁寧というよりも執拗だと感じる愛撫に慣れてしまった身体は、物足りなさを覚えていたのだ。

濃厚な口づけに、多賀谷はすぐ夢中になった。カウチから腰を浮かせ、自ら腕を伸ばして實森の肩にまわす。この場が己のテリトリーだという安心感に、多賀谷は期待を大きく膨らませた。

「侑一郎……」

吐息がかかる距離で名を呼んだ、そのときだった。

「ママぁ……っ」

上擦った幼い声が聞こえたかと思うと、続けてリビングルームの扉が慌ただしく開いた。

「ママ……どこぉ？　う、うぅ……っ」

目を擦りながら現れたレイの姿に、多賀谷と實森はサッと抱擁を解く。

「レイくん。目が覚めたのですね」

實森が何事もなかったかのように歩み寄ってレイの前に膝をついた。

「ここは多賀谷虹先生のお家です。ママが見つかるまで、あなたをここでお預かりすることになったのですが……」

優しく實森に声をかけられて、レイがおずおずと顔を上げる。アメジスト色の双眸が涙で潤んでいるのが、カウチに座った多賀谷からもはっきり見えた。

「た、がや……こう？」

多賀谷の名前を聞いた途端、レイが目を大きく見開く。続けて多賀谷の姿を認めると「あっ！」と声をあげて駆け寄ってきた。さっきまで母親を探して不安がっていたのが嘘のように、満面に笑みを浮かべていた。

「パパッ！」

多賀谷は思わず身構えると、今にも抱きついてきそうなレイに言い放つ。

「俺はお前の父親じゃない」

「で、でもっ」

ピタッと足を止め、レイは表情を曇らせた。

「にゃあ」

そのとき、キャットタワーの頂上に設えられた籠から、マシュカが顔を覗かせた。見慣れないレイのことを警戒してか、しっぽの毛が逆立っている。

「ネコだ！　ぼく、知ってるよ。マシュカっていうんでしょ？」

レイはキャットタワーのそばにいくと、マシュカを見上げて何度も名前を呼んだ。

「マシュカ。下りておいでよ。ママに写真を見せてもらったときより大きくなってるね」

レイの興味はすっかりマシュカに移ったらしい。

多賀谷は胸の中でこっそり安堵の溜息を吐く。

すると、實森がそっと近づいてきて、多賀谷に囁きかけてきた。

「そんなに緊張しなくても、レイくんのお世話はわたしに任せてください」

いつもと変わらない、穏やかな低い声。てっきりレイに優しくしろと叱責されるかと思っていた多賀谷は、優秀な編集兼マネージャー、そして誰よりも愛しい番を見やった。

「もし、俺の子だったら……どうする？」

過去の自分を恨んでも仕方がない。

嫌われて、ここを出ていってしまうかもしれない。

多賀谷は不安に押し潰されそうだった。

「もし、そうだったとして、先生、あなたはどうしたいのですか？」

實森は多賀谷の肩に手を置くと、優しく撫でてくれた。

「あなたはわたしの王様です。ですから、あなたがしたいように、その意思を優先します」

――ああ、敵わないな。

實森の触れた肩から緊張が解け、重くのしかかっていた不安が消えていくようだった。

「ただ、先生がアルファでなくオメガだということは……、彼の耳に入れないほうがいいでしょう」

表向きアルファの売れっ子作家を演じるのは、今はまだ仕方がないと納得しているし我慢もできた。實森と二人のときは、ありのままの自分でいられるからだ。

「それと、婚姻関係にあることは仕方がありませんが、わたしとあなたが番だということも……。万が一、彼がここを出たあと、誰かに話してしまうかもしれませんから」

多賀谷は何も答えられなかった。ただ奥歯を嚙み締めることしかできない。

「何より……真実を知ってしまったら、幼い彼はきっと傷つくと思います」

實森は、多賀谷が誰かに産ませたかもしれないレイにすら気遣いをみせる。その寛容さや包容力は、多賀谷がどんなに努力したところで得ることは不可能だろう。

「先生には負担をかけてしまいますが、どうか……」

實森の言葉を遮ってきっぱり言う。

「うん、わかった」

動揺と不安に震える胸の内は、明かさない。

そうして多賀谷は、懸命にマシュカに呼びかける、レイの小さな背中を見つめる。

「それにしても、レイくんを見ていると、まるで先生のミニチュア版みたいです」

先ほどまでのシリアスな空気を一変させて、實森がデレッと表情を崩す。

「ほら、あの寝癖なんて、先生の寝起き姿そのままですよ」

多賀谷はレイの寝癖なんて気にもとめていなかった。よく見れば、後頭部と左の側頭部の髪が、くるんくるんと不規則に跳ねている。

「先生が子供のころもきっと、あんなふうに愛らしかったのでしょうね」

「おい、アレは俺じゃないし、俺の子でもないぞ」

ムッとして言い返すが、實森は意に介さない。

「わかっています。ですが、あまりにも似ているので、つい想像してしまうんですよ」

本当にわかっているのだろうか……。

「必死になってマシュカの気を引こうとしているところなんて、いつぞやの先生を見ているようです」

レイを見つめる優しい眼差しが、偽りだとは思えない。目尻に皺《しわ》を刻み、口許を綻ばせる横顔は、實森が可愛らしいものを見たり、手芸などに夢中になっているときと同じだ。

言ってみれば、レイは多賀谷が過去に犯した過ちの象徴だ。そんなレイに対して嫉妬やわだかまりを抱くなら理解できる。

しかし――。

「彼の服やおもちゃを急いで揃《そろ》えないといけませんね。……連れて出るのは無理として、まずはサイズを測らないと」

妙に楽しそうな實森の気持ちを、多賀谷は測りかねていた。


キャットタワーから下りてこないマシュカを諦めたのだろう、レイは名残惜しそうに振り返ると、ふと多賀谷を見て眉間に小さな皺を寄せた。

「パパ、いつもカッコイイ服着てるのに、家だとそんななんだ」

海外のスポーツブランドのスウェットを着た多賀谷の姿に、レイは不満があるらしい。

「どんな格好をしようが、俺の勝手だろう」

ムッとして言い返すと、實森がゆっくりレイに歩み寄っていった。

「家では楽な格好ですごされることが多いのですよ。レイくんも、今着ているようなお洋服を毎日着ているわけではないでしょう?」

「うん。それは、そうだけど。なんか、ちょっと……思ってたのと違ったからさ」

よほどプライベートモードの多賀谷が期待外れだったのだろう。レイはじっとりとした目で多賀谷を見つめる。

自分に似た瞳から、多賀谷は思わず目をそらした。こんな小さな子供にまでアルファらしさを求められ、鬱屈した気持ちになる。

多賀谷はテラスに続く掃き出し窓から外を眺めると、自身を落ち着けるためこっそり溜息を吐いた。

時刻は午後四時をすぎてようやく日が傾き始めていた。遠くの空には、綿菓子のような積乱雲がいくつも湧き立っている。

「ところでレイくん、お腹が空いていませんか?」

「う、うん!」

レイはパッと表情を明るくした。

「こちらで少し待っていてください」

ダイニングテーブルの椅子を引いてレイを座らせると、實森はいそいそとキッチンへ向かった。

そのとき、多賀谷はレイが座った椅子に高さ調節用のクッションが置かれていることに気づいた。

──あんなもの、いつの間に用意したんだ?

そこへ實森が戻ってきて、ジュースが入ったグラスと派手に盛りつけられたプリンアラモードをレイの前に置いた。

色とりどりの果物と生クリームで飾られたプリンに、多賀谷は思わず背を伸び上がらせる。

「これ、本当に食べていいの？」

目の前に置かれたプリンアラモードに釘《くぎ》づけとなったレイが問いかける。

「はい。レイくんのために作ったものですから、どうぞ遠慮なく召し上がってください」

實森がフリル付きのエプロンを外しながらレイに頷いた。

「やった！　めっちゃ美味しそう！」

レイはスプーンを手に取ると、ダイニングテーブルに身を乗り出すようにしてガラス製のサンデーグラスを抱え込んだ。

「レイくん。『いただきます』を忘れていますよ」

いきなりプリンをスプーンで掬おうとしたレイを、實森がすかさず注意する。

「……あ」

レイは驚いたような顔をしたが、すぐに小声で「いただきます」と言った。

「どうぞ、召し上がれ」

實森がにっこり微笑むと、レイは待ってましたとばかりにプリンを口に運んだ。

「う、うわぁ！　すっごい美味しい！　こんなの食べたことないよ！」

サンデーグラスの中心に陣取ったプリンの両サイドには、飾り切りされたリンゴやキウイフルーツ、イチゴにバナナ、そして真っ白なホイップクリームが盛りつけられている。

「俺には、プリンだけだったのに、随分と豪華だな」

あからさまな差別に、多賀谷は唇を尖らせた。

「レイくんはゲストですから」

こともなげに言ってのけると、實森はレイの向かい側の椅子に腰を下ろした。

「レイくん。食べながらで構いませんので、お話を聞いてくださいますか」

口の端にホイップクリームをつけたレイが、頰をぷっくり膨らませて頷く。

スプーンをグーの形で上手持ちして、背中を丸めて搔き込むように食べる姿に、多賀谷はふと違和感を覚えた。

レイは五歳だと言っていた。大人を相手に物怖じしない態度や、意見をはっきり言えるところは大人びた印象を抱かせる。

けれど、目覚めて母親の不在に怯《おび》えたり、乳幼児のようなスプーンの持ち方をするところは、五歳にしては幼すぎる気がした。

——行儀作法を、まともに教えられていないのか……。

訝る多賀谷の視線の先で、レイはサンデーグラスを抱え込んだまま、木の葉のようにカットされたリンゴを手で口に運ぶ。身に着けた衣服はどれも高級品なのに、レイの仕草はまったく見合っていない。ランドセルタイプの高級鞄もそうだ。中に入っていたのはボロボロになった多賀谷の絵本と、ありふれたハンドタオルに広告つきのポケットティッシュだけだった。

思い返してみると、レイには不審点しかない。

事務所や出版社がレイの存在を面倒に思い、存在を隠したいと考えるのは理解できる。

だが、實森はいったいどんな想いでレイを預かると言ったのだろう。

いくら子供が好きだといっても、レイは多賀谷と遊び相手の間に生まれた……かもしれない子供なのだ。

「うっ、ケホッ……ケホッ」

不意に、レイが口を押さえて激しく噎《む》せた。

「慌てて食べるからですよ」

レイの小さな背中を、苦笑を浮かべた實森が優しく摩《さす》る。

「っ……だって、お腹……減ってて……」

「一気に頬張ったりするから、こんなことになるのです。さあ、お水を飲んでください」

水の入ったグラスを受け取ると、レイは潤んだ目で實森を見上げた。

「……ありがと」

小声でレイが礼を言う。

すると實森は、畳んだまま置いてあったテーブルナプキンを手に取り、クリームや果汁で汚れたレイの顔を丁寧に拭ってやった。

「お口のまわりにクリームがついていますよ。おやつは逃げませんから、ゆっくり食べてくださいね」

ニコニコと上機嫌でレイの世話を焼く實森に、多賀谷は胸に焼けるような痛みを覚える。文句を言ってやりたいが、大人のプライドが邪魔をして、ぎゅっと拳を握るばかりだ。

實森が多賀谷を振り返って、意味深に微笑む。

多賀谷は實森が何を考えているのか、想像すらできなかった。

「レイくん。この家で暮らすにあたって、いくつか守っていただきたいルールがあります」

「ルール?」

残っていたプリンをパクっと一口で食べると、レイは不思議そうに實森を見上げた。

「レイくんは、多賀谷先生のことを『王様』だと言っていましたね」

興味のないフリをしつつ實森の話を聞いていると、キャットタワーから下りたマシュカが、音もなく近づいて身を擦りつけてきた。

多賀谷はマシュカを膝に抱き上げて人差し指を口の前に立てると、「静かにしていろよ」と目配せをする。

「そうだよ。ママがいつも言ってた。多賀谷虹……パパはアルファの王様で、その息子のぼくは王子様だって!」

無邪気なレイの言葉に、多賀谷の胸がざわめく。

「では、この家が王様である多賀谷先生のお城だということはわかりますね?」

「うん！　そんなことぐらいわかるよ」

實森はもう一度大きく頷くと、さらにレイに質問を投げかけた。

「もう一つ、質問です。多賀谷先生のお仕事はなんですか？」

「そんなの簡単！　しょーせつかだろ！」

多賀谷の話をするのが、よほど楽しいのだろう。レイは満面に笑みを浮かべていた。

「そうです。この家で先生は小説や絵本を執筆されています。つまりこの家は先生の仕事場でもあるのです」

實森が「仕事場」という言葉を口にした瞬間、レイが楽しそうにバタつかせていた足を止めた。笑顔が消えて不安そうな目で實森を見上げる。

「仕事……場？　家なのに……？」

鸚鵡《おうむ》返しにレイが繰り返すと、實森は無言で頷いた。

「……そっか。わかった」

「何がわかったのか教えていただけますか？」

實森が困惑をあらわに問い返す。

「何って、パパがお仕事してる間、いい子にしてろってことでしょ？」

さも当然とばかりにレイが答える。

「大丈夫だよ。ぼく、いい子でいるよ。約束する」

多賀谷はふたたび、違和感を覚える。レイの笑顔が、明らかな作り笑いだったからだ。

「では、先生の仕事部屋には絶対に立ち入らないと約束してください。それから、外出したいときは必ずわたしに言ってください。あとは……」

實森がちらりと多賀谷の膝でくたりと横になったマシュカを見やる。

「マシュカとお友達になりたいなら、追いかけまわしたり、そばで騒がないこと。レイくんが優しい子だとわかれば、マシュカから近づいてきてくれます」

レイが目敏く、マシュカに気づく。

「ホント……ッ？」

ダイニングテーブルに手をついて身体を伸び上がらせると、キラキラと瞳を輝かせてマシュカを見つめた。

「ぼくもパパみたいにマシュカをだっこできる？」

期待に満ちた眼差しに、多賀谷はしばし逡巡《しゅんじゅん》したあとに「ああ」と言って頷いてやる。

「やったーっ！」

「そんなふうに大声を出すと、マシュカがびっくりしますよ」

純粋な笑顔を弾けさせるレイを、すかさず實森が優しく窘《たしな》めた。

「あ、そうだった！　マシュカ、ごめんね」

レイはすぐに反省の表情を浮かべ、マシュカに向けてぺこりと頭を下げた。

「では、王子様。ご馳走様をして、お顔や手を洗うついでに、城内を案内しましょう」

軽々とレイを抱き上げると、實森は多賀谷に軽く会釈をしてリビングルームを出ていく。

自分に似た子供を抱いて微笑む實森の姿は、多賀谷に不安と焦燥を抱かせた。

「……あんな感じになるのか、な」

読み聞かせイベントで子供たちに囲まれて、實森はとても嬉しそうだった。仕事など関係なく、心から子供たちとの交流を楽しんでいるように見えた。

もし、多賀谷が實森の子供を産んだら、さっきのようなやり取りが毎日繰り広げられるに違いない。多賀谷一人では与えられない幸福で、實森を満たしてやれるだろう。

「うわぁ！　すごい！　これがお風呂ぉ——っ」

バスルームからレイの驚きの声が聞こえてくる。

「本当にお城みたいだ！　あっちは何があるの？」

レイの声が数分ごとに場所を変えて聞こえてきた。

さすがに仕事部屋と寝室は見せないだろうが、實森は丁寧に案内してやっているらしい。

「このお部屋はレイくんが好きに使って構いません。ですが、着替えや必要なものは今日中に揃えたいので、あとで何が必要か教えてくださいね」

扉の向こうから實森の声が聞こえてきた。客間を案内してやったのだろう。

「では、テラスに出てみましょうか」

リビングルームに入ってくると、實森はレイを抱いたまま掃き出し窓からテラスに出た。

多賀谷はマシュカが飛び出さないよう、そうっと軟体動物のような肢体を抱き寄せる。

「うわぁ……っ！　すっごい眺め！」

高層マンション最上階のテラスからの眺めに、レイが今日一番の歓声をあげた。

高さ二メートルを超えるアクリル板の塀越しに広がる都心の風景は、多賀谷も密かに気に入っている。以前は腰高の無機質なステンレス製の柵が設置されていたが、マシュカの転落防止のため、隙間をなくした全面アクリル板に替えたのだ。

「こんなお城みたいな家に住んでるなんて、やっぱりパパはすごいよ！」

實森に抱かれたレイが感嘆の声を漏らす。

「さすが、アルファの王様だ」

ほんのりオレンジ色に染まり始めた西の空を眺めながら、多賀谷は無意識に奥歯を噛み締めていた。

「レイくん」

すると、實森がどこか寂しそうな声でレイに呼びかけた。

「多賀谷先生の素晴らしさに、バース性は関係ありません」

「どういうこと？　パパはアルファだろ？　アルファは世界で一番偉いんだよね？」

バース性成熟期と称される時代だが、人々から差別意識を忘れさせることはできないらしい。いまだ多くの人々が無意識、もしくは意識的にバース性に囚われて生きている。

レイの母親がそのうちの一人だったとして、誰が彼女を責められるだろうか。

「アルファだからといって、立派な人ばかりとは限りません」

實森はレイをテラスに立たせると、チラッとリビングルームの多賀谷に視線を寄越した。

多賀谷はやれやれと肩を竦め、わざとらしく苦笑してみせる。

レイの無邪気な言葉が気にならないと言えば嘘になる。しかし、多賀谷はやれやれと肩を竦め、余裕っぷりを見せつけるように苦笑を浮かべてみせた。

實森は多賀谷の反応を見て、ふわりと優しく微笑んだ。

「遠くで雷が鳴っています。夕立がくるかもしれません。中に入りましょうか」

レイの手を引いてリビングルームに戻ると、實森はまっすぐ多賀谷のそばへやってきた。

「先生。マシュカにレイくんを紹介させてください」

「……ああ」

内心、悶々としつつも、平静を装って返事をする。そして、マシュカが逃げたり、レイを引っ掻いたりしないよう、しっかり胸に抱いて顔だけを二人のほうへ向けさせた。

「この家ではマシュカのほうが先輩です。きちんと挨拶してくださいね」

實森はレイにしゃがむように促すと、並んで床に膝をついた。

多賀谷の腕の中で、マシュカがわずかに身体を緊張させる。

レイはマシュカと心から仲よくなりたいと思っているのだろう。

「ぼくはレイ。今日からパパといっしょに住むからよろしくな。マシュカ」

真剣な面持ちでマシュカを見つめると、上から目線の台詞とは裏腹に、どこで覚えたのか深々と土下座をした。

するど、實森がマシュカの頭に手を伸ばしたかと思うと、何故か多賀谷を見つめてきた。

「マシュカ。わたしからもよろしくお願いしますね」

意味深な視線に、多賀谷はマシュカではなく自分に言われているような錯覚に囚われる。

實森に撫でられて緊張が解けたのか、マシュカが小さく喉を鳴らし始めた。

「レイくん。わたしはダイニングを片づけないといけません。その間、必要なものや欲しいものを考えてくれますか?」

そう言って立ち上がると、實森はレイをそのままにしてキッチンに戻り、ふたたびエプロンを身に着けた。

「おい、俺い……。實森っ。コイツ、どうするんだ?」

縋るような目で問うても、實森は知らん顔だ。

「ねぇ、パパ。もう触ってもいいかな?」

多賀谷の困惑など知る由もないレイが、期待と好奇心に満ちた目で見上げてくる。

「……え、あ」

マシュカのしっぽが大きく膨らんでいた。

駄目だと言えば済むのに、多賀谷はどう伝えるべきかわからない。

「パパ？」

小首を傾げるレイの瞳が、深い青みを帯びて見えた。自分と似た瞳を持つ他人に会ったのははじめてだと気づく。

『ぼくのパパは多賀谷虹だ！』

もしかして、レイは本当に自分の子供かもしれない。

そんな思いがよぎった瞬間、多賀谷は何かに追い立てられるかのように立ち上がり、マシュカを抱いたままリビングをあとにしたのだった。

扉を閉める瞬間、レイが困惑と悲しみに表情を歪めるのが見えたが、今の多賀谷に彼を思いやる余裕など欠片もなかった。

【三】


その日の夜、多賀谷は實森に促され、仕方なく夕飯の席に着いた。マシュカはまだレイを警戒しているのか、多賀谷の寝室から出てくる様子はない。

「今夜はレイくんのリクエストに応えて、メインをチーズ入りハンバーグにしました。副菜はポテトサラダに、茗荷《みょうが》ときゅうり、フルーツトマトのマリネ、スープはビシソワーズです。今、お持ちしますね」

先に席に着いていたレイは、多賀谷と同じスポーツブランドのスウェットに着替えていた。多賀谷が寝室にこもっている間に、實森が手配して届けさせたのだろう。

「おい、どうして俺と同じ服をアイツが着ているんだ?」

キッチンに戻ろうとした實森を呼び止め、不満顔で尋ねる。

「先生とお揃いにしてみました。先生のミニチュアみたいで、可愛らしいでしょう?」

實森が目尻に深い皺を刻んで嬉しそうに笑う。多賀谷の気を損ねたことなど、どうでもいいような満足げな笑顔だ。

「レイくんも気に入ってくれたんですよ」

レイの世話をすべて實森に任せると言った手前、文句をつけるわけにもいかず、多賀谷はムッとして黙り込むほかない。

胸がモヤモヤするのを煩わしく思いつついつもの席に着くと、すかさずレイが声をかけてきた。

「ねえ、パパもハンバーグが好きって、ほんと？」

レイは向かいの席からテーブルに身を乗り出し、無邪気な瞳を多賀谷に向ける。

「さあ。どうだったかな」

「先生、子供相手に意地悪しないでください」

ビシソワーズを運んできた實森が、多賀谷を窘める。

「お前は食べないのか？」

實森は番となってからも、給仕があるからとなかなか一緒に食事をとろうとしなかった。

それでも、週に一、二度は、二人向かい合って食事や会話を楽しむようになっていたのだ。

今日は實森の定位置にレイが座っている。

「ゲストがいらっしゃいますからね」

気にするふうのない答えを返しながら、トレイを抱えてキッチンに戻る實森を見やって、レイが問いかけてきた。

「ねえ、パパはいつもあの人といっしょにごはん食べてるの？」

「ああ、そうだ」

短く答えて、ビシソワーズを口に運ぶ。さらりとした口当たりだが、ジャガイモの風味と塩味、玉ねぎの香ばしさが見事なハーモニーを織りなした冷製スープは、一気に飲み干してしまいたくなる出来栄えだ。

無言でビシソワーズを飲んでいると、レイが真似をしてスプーンを手にした。相変わらずの上手持ちで、パセリと生クリームで飾られた乳白色のスープをたどたどしく掬う。続けて、唇を尖らせると「ふーふー」と息を吹きかけた。

「これは冷製スープだから熱くない」

その様子に思わず噴き出しそうになったが、さすがにぐっと堪えてレイに告げる。

「あ、そうなんだ。熱くないスープなんて、ぼくはじめてだ」

レイがスープを見つめて目を丸くした。

「さあ、ハンバーグが焼けましたよ」

實森が両手に大ぶりの皿を持ってキッチンから出てくる。

途端に香ばしいドミグラスソースの匂いが、多賀谷の鼻腔《びくう》を刺激した。

「レイくんが食べやすいように、ワンプレートにしてみました」

洋食の場合、實森はコース仕立てで料理を出すことが多かった。

だが、レイがプリンアラモードを食べる姿を見て、テーブルマナーに馴染《なじ》みがないと察したのだろう。彼が大好きなハンバーグをリラックスして食べられるように気をまわしたに違いない。その証拠に、レイのカトラリーがすべて一回り小さな子供用で揃えられている。

多賀谷が實森の気遣いに感心していると、レイが歓声をあげた。

「うわぁ、美味しそう！」

白い皿には伏せた椀《わん》型に盛られたごはんと、ドミグラスソースがたっぷりかかったハンバーグが盛られていた。そのかたわらには千切りキャベツとポテトサラダ、櫛《くし》切りのトマトが添えられている。

「ねえ、パパ。見てよ、お子様ランチみたいだ！」

レイのごはんには、可愛らしい太陽の絵が描かれた小さな旗が立っていた。

「今日はとてもお天気がよかったので、お日様にしてみました」

ガラスの小鉢を運んできた實森が、レイに微笑みかけながら言う。小鉢には色鮮やかなピクルスが盛られていた。

「實森って、プリンだけじゃなくてごはんも作れるんだ！」

レイが感心した面持ちで實森を見つめる。

「子供のくせに大人を呼び捨てにするな。實森さん、だろう」

「だって實森は、パパの召し使いなんだろ?」

レイはまったく悪びれる様子がない。

『多賀谷先生の身のまわりのお世話をさせていただいております』

ホテルで實森が自己紹介したとき、レイは實森を多賀谷の召し使いだと思ったのだろう。

「お前……っ」

悪びれる様子のないレイに苛立ちを覚える。

しかし——。

「構いませんよ、先生」

實森は少しも気を悪くした様子がない。それどころか、多賀谷の剣幕に身を竦めたレイに向かって、優しく微笑みかけながら声をかける。

「レイくん。わたしのことは好きに呼んでくださいね」

レイは多賀谷の様子をそうっと窺うと、恐る恐る口を開いた。

「じゃあ、パパと同じでいい？」

「同じ、ですか？」

實森の問いにレイはコクンと頷く。

「ぼくのこと、王子様って言っただろ。だったら王様のパパと同じ呼び方でもいいよね？」

平然と言ってのけるレイに、多賀谷は声を失った。

「ふふっ」

だが、当の實森は怒りもせず、楽しそうにレイに笑いかける。

「わかりました。では、實森と呼んでください。王子様」

「お、俺は許さないぞ。いくら子供だからって甘やかすのは……」

多賀谷が異を唱えても、實森に素っ気なくあしらわれてしまう。

「わたしがいいと言っているのです。それより、料理が冷めてしまいますよ、先生」

落ち着いた声に、多賀谷は今、何を言ったところで事態は変わらないと悟った。だが、納得したわけではない。

不満顔で睨みつける多賀谷を、しかし實森は気にとめもしなかった。

「さあ、レイくん。自慢のチーズ入りハンバーグをじっくり味わっていただきたいのですが、その前に……」

實森はレイに声をかけると、そっと椅子の背後に立った。

「ちょっと失礼」

そして、小さな手を覆うように白手袋の手を添え、カトラリーの使い方を教え始める。

「スプーンですが、この持ち方では手首が返らないので、飲みにくくありませんか？」

「え、えっと、いつもこうやってるけど？」

突然のことにレイが戸惑いをあらわにするが、實森の手を払いはしない。肩越しに振り返り、不思議そうに執事を見つめるばかりだ。

「先生のように、綺麗に食事ができるといいと思いませんか？」

実森の言葉に、レイが多賀谷の手許に目を向ける。

「うん！　パパみたいになりたい！」

嬉々として返事をするレイに、實森は目を細めて頷いた。

「今日は気楽に召し上がっていただくため一揃えにしましたが、正式な場では、カトラリー……フォークやナイフがテーブルにずらりと並んでいます」

實森がゆっくり説明を始めると、レイは真剣に耳を傾けた。

「フォークはこうして、上から優しく握ります。ナイフも同じです。お皿とぶつけて音を立てないように手を動かしてくださいね」

實森に手を添えられてハンバーグをカットすると、レイはとろっと流れ出したチーズをナイフで器用に掬い取った。

「上手ですよ。王子様。……さあ、召し上がってみてください」

「うん」

褒められた喜びを満面に浮かべ、レイはハンバーグを一切れ頬張った。

「うぅ～ん！　おぃひぃ……っ！」

レイが口の端にドミグラスソースをつけたまま、頰を膨らませて美味しさを噛み締める。

「やわらかくて、チーズとろっとろで、サイコーだよ！　實森！」

手放しで料理を褒めるレイの笑顔を見つめる實森も嬉しそうだ。

レイが言ったとおり、實森手製のハンバーグは絶品だった。肉汁とともにハンバーグの中から溢れ出したチーズは、ドミグラスソースに負けず濃厚だが、けっして喧嘩《けんか》しているわけではない。香ばしい風味とチーズのまろやかさが実に絶妙で、舌ばかりでなく鼻腔まで幸せな気持ちにさせた。

その後も、實森は丁寧にレイに食事のマナーを教えてやった。ナプキンの使い方や、食事の途中でフォークやナイフを置くときの注意等、幼いレイにも理解できるよう説明する。

「では、続きは一人で食べてみましょうか。焦ることはありません。自分のペースで食べてくださいね」

「うん」

真剣な顔で頷き、レイがフォークとナイフを手にする。

多賀谷は無関心を装いつつ、ハンバーグを口に運びながらレイの様子を盗み見た。

すると、レイはたどたどしさを残しつつも、器用にナイフとフォークを操って食べ始めた。そうして一口大にカットしたハンバーグやポテトサラダを頬張っては、零れ落ちそうな笑みを浮かべて「美味しい」と声に出す。

「ああ。大きな塊のまま頬張るから、ソースで汚れていますよ」

實森が横から手を伸ばし、ナプキンで素早くレイの口許を拭ってやる。

「だって、本当に美味しいんだもん！　それに、口いっぱいに入れたほうが美味しく感じるんだ」

「言いたいことはわかります。けれど、家やプライベートな場なら構いませんが、外やきちんとした場ではマナー違反ですからね？」

王子に仕える本物の執事のように、實森は甲斐甲斐《かいがい》しくレイの世話を焼く。

「いいなぁ、パパは。毎日實森のごはん食べられるなんて！」

表情や身体全体で美味しさを表現し、思ったままを口にするレイを、多賀谷はどこか羨ましく思った。

多賀谷はこれまで、實森の料理を手放しで褒めたことが、片手で足りるほどしかない。天邪鬼な性格が邪魔をして、素直に感動や感謝の言葉を口にできないからだ。

それに、わざわざ口にしなくても、實森は多賀谷の気持ちをすぐに察してくれる。

『お口に合ったようで何よりです』

『お気に召したようですね』

そんな存在に、胡坐《あぐら》を掻いていたのかもしれない……。

そう思ったとき、多賀谷の口からハンバーグの肉汁が溢れて零れた。

「あ……」

口の端から顎へ伝い落ちる雫《しずく》を、慌ててナプキンで拭おうとして手を止める。

「……實森、零れた」

上擦った声で告げると、實森がキョトンとした顔で多賀谷を見た。

「先生、大人なんですから、甘えないでください。レイくんのお手本になっていただかないと、わたしの立場がありません」

呆《あき》れ顔で言われて、顔から火を噴くような恥ずかしさに襲われた。

「じょ……冗談に決まってるだろ！　ちょっと言ってみただけだっ！」

慌てて言い訳を口にすると、自分で手早く口許を拭った。そして、何もなかったかのような顔で食事を続けた。

レイはマナーの欠片も知らなかったのが嘘のように、綺麗な仕草で次々に平らげていく。

見ていると、ピクルスにも手を伸ばし、美味しそうに食べていた。

「先生。今日のピクルスもいい漬かり具合ですよ。是非、召し上がってみてください」

實森のおかげで、多賀谷はいくつもの食わず嫌いを克服してきた。それだけでなく、苦手だった野菜も少しずつ食べられるようになっている。ピクルスもその一つで、店で出されるものや市販のものより、甘めに漬け込んだものが常備されていた。

「パパ。このトマト、冷たくて甘酸っぱいんだ。すっごく美味しいよ」

レイが艶やかなフルーツトマトのピクルスをフォークで刺してパクッと食べてみせる。

「實森がわざわざ子供の舌に合うように作ってやったんだ。当然だろう」

そう言うと、實森が多賀谷のグラスに水を注ぎ足しにきた。

「いいえ。いつもと同じですよ。先生はもともと子供舌ですから、レイくんのお口にも合ったのだと思います」

「お、お前……っ」

睨み返すと、實森が意地悪く目を細める。

「デザートには甘夏のシャーベットをご用意しています。楽しみにしていてくださいね」

多賀谷が怒りに口を開くより先に言うと、實森はふたたびレイのそばへ戻っていった。

「ねえ、實森もアルファなんだろ？」

レイが本物の王子のような態度で、つきっきりで世話をする實森に問いかける。

「レイくん。人のバース性について気軽に質問するのは、よくないことなのですよ」

「ふぅん」

實森に窘められ、レイは曖昧に頷く。

「それで、實森はアルファなの？　そんなに大きくてかっこいいんだから、ベータってことはないよね？」

實森が苦笑しつつ、レイの口の端についたソースを拭う。

「同じようなことをほかの人に聞かないと約束してくださるなら答えます」

「うん。約束する！　ほかの誰にもバース性のこと聞いたりしない」

こまっしゃくれているかと思えば、妙に素直なところもあるレイは、多賀谷の目に不思議な生き物のように映っていた。

「厳密には、アルファではありません」

かつて、實森はアルファ性に囚われることを嫌って抑制処置を受けた。アルファ特有のフェロモンを発したり、他者のフェロモンを感知できなくなる処置を受けるということは、アルファ性を捨てることを意味する。

しかし、多賀谷という魂の番と出会ったことで、實森のアルファ性は復活した。

実は、抑制処置はアルファフェロモンを悪用してオメガを犯した者に刑罰として行われるものでもあった。そのため實森の事例は重大問題とされ、抑制処置効果の見直しを主とした研究が続けられている。そして、實森はその研究に名前を公にしないという約束で協力していた。

「げんみつ?」

知らない単語に、レイが首を傾げる。

「アルファだった、と言えばわかりやすいかと思います」

まだ幼いレイに、實森は抑制処置について説明する必要はないと判断したのだろう。

「今は、アルファじゃないってこと?」

レイがあからさまにがっかりした表情を浮かべる。

「なぁーんだ。アルファだと思ったのに」

フェロモン抑制剤を服用しているとはいえ、實森のアルファとしての魅力は、ときにベータすら惹《ひ》きつける。レイもおそらく、そこはかとなく漂うアルファのオーラを感じ取ったに違いない。

「期待に添えず、申し訳ありません」

子供の言うことだからと気にしていないのか、實森は微笑みを絶やさない。

しかし、ナイフとフォークを持つ多賀谷の手は、苛立ちに震えていた。

「實森みたいなアルファが召し使いだなんて、パパは本当にすごいんだって思っただけ」

レイは多賀谷の気持ちにまったく気づく様子は見られない。

「あ、そうか！　だからそんなアルファらしくないエプロン着てるんだ！」

胸許や裾にフリルがあしらわれた淡い藤色のエプロンを見つめ、レイが声をあげる。

「おい。黙って聞いていれば……」

堪忍袋の緒が切れる音を、多賀谷は生まれてはじめて聞いた。ナプキンをテーブルに叩きつけ、立ち上がろうとしたところで、またしても實森に制される。

「先生、大丈夫です」

そう言って、實森はレイの前でエプロンのフリルを摘まんでみせた。

「レイくん。わたしは自分が好きなもの、いいな、と思うものを身に着けているのですよ。アルファだからこうしなければいけない、という世界は楽しくないと思いませんか？」

実森の問いかけに、レイは不満そうな顔をした。ツンと唇を尖らせて、考え事をするかのように首を傾げる。

しかし、やがてレイはキッと實森を睨むと、小さな声でぼそりと呟いた。

「わかんないよ、そんなの。だって、ぼくは世界なんか……知らないもん」

うっすら目に涙を滲ませるレイの言葉に、多賀谷はハッとなった。癇癪《かんしゃく》を起こして實森にあたるか、だんまりを決め込むと思っていたレイが、まさか「わからない」と素直に打ち明けるとは思っていなかったからだ。

「今はわからなくても、いつかわかってくだされば、わたしも……そして先生も嬉しく思います」

レイは、答えを出せなかったことが悔しかったのだろう。唇を噛み締め、懸命に涙が零れ落ちないよう我慢している。

「さあ、デザートを用意しましょう。ジュースは何がいいですか?」

實森はレイの皿を下げながら、チラッと多賀谷を見た。その目は「大丈夫だったでしょう?」と言っているようだ。

少しだけムッとしたが、すぐに思い直す。きっと多賀谷では、レイを諭すどころか、互いに文句を言い合っていたに違いない。

レイはまだ少し落ち込んでいるようだったが、出されたシャーベットを目にした途端、表情が一瞬で明るくなった。

「うわぁっ！　キラキラしてて美味しい！　實森はなんでも作れるんだな」

シャーベットを頬張って明るい笑顔を見せるレイを、實森は慈愛に満ちた眼差しで見つめる。

「一度だけなら、おかわりしてもいいですよ」

喜怒哀楽が激しすぎて、何を考えているのかまったくわからない。生意気で、實森を呼び捨てにするのも、正直、腹が立つ。もし、レイが自分の子供だったとしても、實森のように優しく、余裕をもって接する自信なんて多賀谷には欠片もなかった。

「先生も、そろそろデザートをご用意しましょうか？」

考え事をしていると、いつの間にか實森がそばに立っていた。

「あ、うん。……いや、俺はいい」

レイは二皿目のシャーベットを美味しそうに食べている。あの小さな身体のどこに、ハンバーグやポテトサラダ、そしてシャーベットが収まっているのか、多賀谷は不思議でならなかった。

「体調が優れないのですか？」

ハンバーグこそ完食したが、副菜が皿の上に中途半端に残っている。

「いや。ちょっと……構想が浮かびそうなだけだ」

實森に心配をかけたくなくて、咄嗟に嘘を吐いた。

「仕事部屋にいるから、何かあったら声をかけてくれ」

實森が「わかりました」と言って椅子を引いてくれる。

「ご馳走様。美味しかった」

ナプキンで口を拭って席を立つと、レイが声をかけてきた。

「パパ。お仕事？」

淡い虹色の瞳と目が合った瞬間、声に反応したことを後悔する。

無言で立ち去ることもできたのに、多賀谷は一瞬足を止め、息を吸い込んだ。

「あ、ああ」

どうして、返事をしたのか自分でもわからない。

——ただ。

脳裏に、蘇ったのだ。

遠い昔、異国のお城みたいな屋敷で暮らしていたころのことを……。

仕事に出かける父を見送るため、母と二人で玄関まで出たことが何度かあった。

『お父様、いってらっしゃいませ』

見上げた大きな背中を、尊敬と憧れの眼差しで見送った情景が思い出される。

「パパ、頑張って！」

屈託のない笑顔を向けられて、多賀谷はハッと我に返った。レイのキラキラと輝く瞳が眩《まぶ》しくて、ふいっとそっぽを向いて足早にダイニングをあとにする。

美しい異国での夢のような暮らしは、今となっては苦い記憶でしかない。

仕事とアルファの子を成すことにしか興味のなかった父は、多賀谷がオメガだと判明した途端、呪詛《じゅそ》とともに母子を捨てた。

『オメガなどゴミ以下だ』

そういえば、父に親らしいことをしてもらったことなどなかったと気づく。

『虹は立派なアルファよ。世界中の人々に幸せを与える偉い人になるわ』

父に捨てられたことで心を病んだ母は、オメガである息子をアルファだと信じ込み、歪んだ愛で縛りつけた。

「……俺が、親だって？　ははっ、笑わせるな」

もし本当にレイが自分の子供だったら？

いや、そんなはずがない。

虹色の虹彩でまっすぐに見つめられると、どうすればいいのかわからなくなる。ましてや親として期待されていると思うと、身が竦むような想いがした。

仕事部屋に着くと、多賀谷は仮眠用の簡易ベッドに横になった。

「侑一郎のヤツ、アイツをどうするつもりなんだ」

多賀谷と違って、實森はまるで臆することなくレイに接している。

「……子供、か」

ぼんやりと宙を見つめてぽつりと呟く。

多賀谷はその後、一度もノートパソコンに向かうことなく、いつの間にか眠り込んでしまったのだった。


「先生。ここで寝ないでください」

優しく肩を揺すられて、多賀谷は小さく呻《うめ》きながら寝返りを打った。

「……ゆぅいち……ろ?」

眠い目を擦りながらノロノロと起き上がる背中を實森が支えてくれる。

「レイくん、あのあとパタッと眠ってしまったんです。お風呂に入れてあげたかったのですが起きそうになかったので、着替えだけさせて客間で寝かせています」

「……そうか」

まだ意識がはっきりしないまま頷くと、實森が水の入ったグラスを手に持たせてくれた。

それを無言で一気に飲み干す。喉から全身に水が染み渡っていく感覚に、多賀谷は大きな溜息を吐いた。

「で？　アイツの母親の居場所はわかったのか？」

空になったグラスを渡して問うと、實森が目を伏せて首を振る。

「いいえ。ティエラプロからは、できるだけあの子を外に出さないようにということでした。とくに、先生とレイくんが連れ立って出かけるのは厳禁だと」

「それは、そうだろ」

写真を撮られたり、あらぬ噂を立てられるのは、多賀谷だってまっぴら御免だ。

「それから、レイくんを預かっている間、わたしはこちらのベッドで寝ることにします」

「は？」

「どうやらレイくんは、わたしと先生が番どころか婚姻関係にあることを知らないようなのです」

「え、本当か？　日本中大騒ぎになったのに？」

多賀谷と實森の婚姻を、レイの母親が知らないわけがない。おそらく意図してレイに話していないのだろう。

「レイくんはわたしのことを本気で先生の召し使いだと思い込んでいます。そんなわたしが先生と寝室をともにしていては、彼を不安にさせてしまいかねません」

實森の言い分は、理解できる。

しかし多賀谷はどうにも理不尽に思えて仕方がない。

「そこまでする必要はないだろ？」

不満を口にした途端、今日一日、ずっと押し殺していた鬱憤が一気に込み上げてきた。

「だいたい、侑一郎はアイツに甘すぎやしないか？　どこの誰の子かもわからないのに、チヤホヤ甘やかして……」

レイに手取り足取りカトラリーの使い方を教えたり、汚れた口許をナプキンで拭ってやったりする實森の姿を思い出すと、口が止まらなくなった。

「俺のことは、ずっと放ったらかしにしてたくせに……っ」

みっともない嫉妬だとわかっている。

けれど、ずっと多賀谷だけのものだった實森を、いきなりレイに奪われたような気がしてならなかった。

「そんなに寝室を別にしたいなら、俺がここで寝る！」

情けない顔を實森に見られるのが嫌で、多賀谷はタオルケットを頭から被ってベッドに突っ伏した。

「まったく……」

實森が呆れて嘆息する。続けて、ベッドの端に重みのかかる気配がした。

「たしかに、先生には我慢を強いていると思います」

多賀谷の背中を、タオルケット越しに大きな手が優しく撫でた。

「先生が複雑な心境でいらっしゃることも、わかっているつもりなのですよ」

優しく語りかけられても、多賀谷には言い訳にしか聞こえなかった。

「それに――」

ベッドが大きく軋んで、多賀谷は背中に圧を感じた。

「我慢しているのは、あなただけではないのですよ。虹」

實森に名前を呼ばれた瞬間、総毛立つような歓喜が全身を駆け抜ける。

「あなたの拗ねた顔はとても可愛らしいけれど、わたしの前でだけは笑ってくださいませんか？」

實森は多賀谷の身体の両側に腕をつき、背中を覆うような格好で体重を預けてきた。

「もしかして、妬いてくださった？」

耳のすぐそばで、湿り気を帯びたような声で囁くと、實森は器用にタオルケットを捲って、多賀谷の項をあらわにする。

「う、うるさい！　なんで俺が妬いたりしなきゃ……っ」

図星を指されて嫌々と頭を振ったところへ、項へ口づけられた。

「あ……っ」

全身の力がカクンと抜けて、多賀谷はまさに骨抜きの無防備な状態を實森の眼下に晒してしまう。番の契約を結んだ際の傷は完治して、もう噛み痕も残っていないのに、實森に触れられるとそれだけで本能が反応した。

「あまり可愛いことを言って拗ねないで……。もっと可愛い虹を見たくなってしまう」

繰り返し名前を呼んで甘い言葉を囁く實森を振り返り、多賀谷は濡れた目で睨みつけた。

「お前……、意地が悪すぎ……っ」

悪態を吐いたところで、實森は怯むどころか、かえって嬉しそうに目を細めるばかりだ。

「虹こそ、そんな顔をして、わざとわたしを煽っているのですか？」

「ばかっ！　そんなわけ……っ」

「ホテルから戻ったらあなたが泣いてやめてくれと言うまで、可愛がってあげるつもりだったのですが」

起き上がろうと腕を突っ張っても、實森は体格差にものをいわせて易々と多賀谷を抱き竦める。

「まさかあんなに可愛らしいお客様を迎えることになるとは、予想していませんでしたからね」

そうして、タオルケットごと腰を抱えたかと思うと、いきなり股間を鷲《わし》摑みにした。

「あぁ……っ」

多賀谷は堪らず声をあげた。

「大きな声を出すと、レイくんが起きてしまいますよ」

大きな手でスウェット生地ごと縮こまった性器と陰嚢《いんのう》を揉《も》みしだきながら、實森が掠れた声で囁く。

「だったら、放……っ。あ、あぅ……ぅん」

懸命に身を捩《よじ》って抵抗しようとするが、多賀谷の身体を知り尽くした實森の手技の前では意味がなかった。

「本当は存分に声をあげさせて、ありのままにあなたを乱れさせてあげたい……っ」

多賀谷の耳許に囁く声に、いつもの余裕が感じられない。

「ですが、今は……これで、我慢しますね」

切なげに言って、實森がスウェットの中へ手袋を着けた手を滑り込ませる。

一気に下着の中にまで手を突っ込まれて、多賀谷は思わず悲鳴じみた声を漏らした。

「あっ、ばか、触……っ」

實森の手で育て上げられた性器を、大きな手が容赦なく摑む。

「もう、こんなに濡らしていたのですか？　やはり、ホテルで抱いて差し上げただけでは、満足できなかったようですね」

先走りを幹全体に塗りつけるように手を動かしながら、實森はやんわりと多賀谷の耳を齧《かじ》った。

「ひぁっ……」

「虹、声が出ています」

言われて、無意識に両手で口を塞ぐ。

「あ、あぁ……ふ、ぅん」

それでも、實森に与えられる快感と、レイに気づかれてはならないという背徳感に、漏れ出る声を抑えきれない。

「虹……。可愛いわたしの番……」

日ごろ、名前を呼ばない謝罪とばかりに、實森は甘く掠れた声で多賀谷の名を繰り返す。

「気持ちいいですか？　虹」

問われて、多賀谷は声もなくウンウンと頷いた。じかに触れた實森の手が、とても熱い。

その熱に包まれて、下半身が焼け爛れていくような錯覚に襲われる。

「ひっ、あ、ぁ……もぉ、ダメ……脩っいちろ……っ」

驚く暇もないくらい、絶頂はすぐに訪れた。

「我慢しないで、わたしの手に存分に出してください」

手の動きを速めて、實森が甘く唆す。

「はぁっ……はっ、あ、あ、……で、出る」

腰が勝手に前後に動いて止まらない。

次の瞬間、亀頭の窪《くぼ》みを指で引っ掻かれた。

「あ――っ」

と同時に、實森が多賀谷の汗ばんだ項に唇を落とし、痛いくらい強く吸い上げる。

實森の手の中でどくどくと射精する快感と、もっとも敏感な性感帯となった項へのキス。

「まったく……。いったいどれだけこの種を撒《ま》き散らかしてきたのやら……」

多賀谷の肩へ顎をのせたまま、手袋を汚した白濁をぺろりと舐《な》める。

「……ま……散らして、なんか――」

鮮烈な絶頂の中、多賀谷は唇を震わせて否定する。

「あなたの過去をどれだけ恨んだところで、どうしようもないことだとわかっているのです。……それでも」

多賀谷をベッドに横たえて汗ばんだ額へ唇を落とすと、實森は汚れた手袋を口に咥えて外しにかかった。

「妬かずにいられない」

外した手袋を床に吐き捨て、抑揚のない声で言い放つ。

「妬……いた？」

「ええ、妬きました。自分でも引くほど……。もし、レイくんが本当にあなたの子だったらと思うと、頭が変になりそうで……。だから、つい虹に冷たい態度をとってしまったんです」

思わせぶりな態度や含みのある視線の理由がまさか嫉妬だったなんて——。

焦燥に彩られた實森の顔を視界に捉えた途端、多賀谷の胸がトクンと震えた。

「浅ましいという自覚はあります。ですが、だからこそあなたと運命の番であったことを……アルファであったことを、わたしは感謝せずにいられない」

「え……？」

絶頂の余韻にぼんやりとしていた意識がはっきり覚醒する。

「虹……あなたが一生、わたしだけの番だと思うと、心からアルファでよかったと——」

己のアルファ性から逃れるために抑制処置を受けた實森だったが、多賀谷と番ったことでアルファ性を取り戻してしまった。多賀谷はそのことを密かに申し訳ないと感じていたのだが、實森の本音を聞いて杞憂《きゆう》だったのかと知る。

「よ、よかった……のか？」

「いい、悪いというより、たとえどんな性に生まれていたとしても、わたしはきっとあなたを愛したでしょうし、虹もわたしを愛してくれたと……そう信じています」

甘酸っぱいレモンの匂いをかすかに漂わせ、實森が情欲をまとった微笑みを浮かべる。

「わたしは、あなたを……ただの多賀谷虹を、狂おしいほどに愛しているのです」

ゆっくり顔が近づいたかと思うと、深く口づけられ。と同時に、芯を失いかけた性器へ、實森が素手で触れる。

「わたしの愛がどれだけ重く、大きいか、レイくんに妬く余裕もないくらい、思い知らせて差し上げます」

「……え?」

縮んだ性器を陰嚢ごと鷲掴みにされて、それ以上声を出せなくなる。

「中に欲しくなっても、我慢してくださいね。先生の淫らな声や姿は、レイくんには刺激が強すぎますから」

唇を触れ合わせたまま、實森は喉奥へ流し込むように意地悪く囁いた。

「ば、か……、待て……あ、ぁ」

言い返そうとした言葉は、實森の唇に塞がれてしまう。下半身に直接与えられる刺激は、絶頂を迎えたばかりの身体にはあまりに甘美で強すぎた。

實森の手の中で性器がふたたび硬くそそり勃つのを感じながら、多賀谷はあっという間に快感の坩堝《るつぼ》へと呑み込まれていったのだった。

そうして、次に目を覚ましたとき、多賀谷は寝室のベッドの上に一人で横たわっていた。

身体はきれいに拭われていて、パールホワイトのシルクのパジャマに包まれている。昨夜、意識を失った多賀谷を、實森が風呂に入れて寝室へ運び、着替えさせたのだろう。

「くそっ」

舌打ちして、髪を搔き乱す。

カーテンの向こうはもうすっかり明るい。きっと今日も快晴で、残暑が厳しい一日になるのだろう。

目覚めてから、どれぐらいの時間、ベッドの上でゴロゴロしていただろう。

レイとの暮らしがいつまで続くのかと思うと気が重くて、多賀谷はなかなか起き出す気持ちになれなかった。

【四】

「嫌だってば！　こんな変な色の服、着たくないって！」

目覚まし時計のアラーム音でもなければ、實森の優しい声でもない、甲高く耳障りな叫び声で朝を迎える。

「これがいいと言ったのは、レイくんでしょう？」

「けど、なんか嫌なんだってば！　こっちのボタンないのがいい！」

多賀谷は寝癖のついた髪を掻き乱しながら、鬱々とした気持ちで寝室の扉を開けた。

見れば、客間の扉が中途半端に開いている。

「まったく、飽きもしないで毎日毎日、朝からよく大騒ぎができるな」

裸足でペタペタと廊下を歩きながら、ときおりずり落ちそうになるズボンを引き上げつつダイニングルームに向かった。

多賀谷を父親だと言い張るレイを預かって、数日が経っていた。

レイはすぐにマンションの暮らしに慣れ、すっかり實森を召し使い扱いしている。マシユカとも二日目には猫じゃらしで遊ぶぐらい仲よくなっていた。

キッチンに入ると、冷蔵庫からミネラルウォーターのボトルを手に取り、キャップを開けて口に運ぶ。廊下からは、まだ實森たちが騒ぐ声が聞こえていた。

「にゃー」

そこへマシュカが現れて、多賀谷の足に長い鍵しっぽを巻きつけてきた。

「朝から騒がしくて、お前もいい迷惑だよなぁ」

ペットボトルを右手に持ったまま、左手でひょいっとマシュカを抱き上げると、そのままリビングルームのコーナーカウチへ移動する。

「お前、また大きくなったんじゃないか？　やっぱり實森に言ってキャットウォークを作らせたほうがいいな」

子ネコだったころが想像できないくらい立派に成長したマシュカは、片手で抱くには持て余す重さと大きさになっている。

「あと、侑一郎に隠れておやつをやるの、少し控えるよ」

カウチに深く腰かけ、背もたれに身を預けると、多賀谷はマシュカと鼻先を突き合わせて言った。

「あ、パパ！　起きてたんだ！」

穏やかな朝は、いつもこうして失われる。

リビングルームの扉から駆け込んできたレイが、多賀谷を見るなり近づいてきた。レイは琥珀色のボーダーシャツと濃いカーキ色のハーフパンツを身に着けていて、秋を先取りした實森らしいコーディネートに落ち着いたらしい。

そのまま隣に座ろうとするレイを、多賀谷はマシュカを抱いたまま無言で睨みつける。

すると、レイはハッと何かに気づいた様子で姿勢を正した。

「おはようございます、パパ。マシュカもおはよう」

そう言ってぺこりと頭を下げ、上目遣いに多賀谷の反応を窺う。

「うん」

目をスッとそらして頷くと、レイは「待て」を解かれたイヌみたいに、弾けるような動きでカウチに飛び乗った。

「ねえ、パパ。實森が勝手にぼくのベッドにぬいぐるみを置くんだ」

レイは触れるか触れないかの距離をおき、膝を抱えて隣に座った。

多賀谷は最初に宣言したとおり、レイとは極力距離をおこうとしていた。

しかし、レイは父親と信じ込んでいる多賀谷との暮らしが嬉しいらしく、すぐそばに寄ってきて離れようとしない。

「ぼくは一人で寝られるし、立派なアルファなんだから、ぬいぐるみなんていらないって言ってるのにさ」

『ママがね、ぼくはきっとパパと同じアルファだって言ってた』

母親の言葉を信じて疑わないレイからそう聞かされたとき、多賀谷は克服したはずの呪縛を思い出した。

『虹は立派なアルファよ』

母親の言葉が子供に与える影響の大きさと罪深さを、多賀谷は身をもって知っている。もし、十歳になったレイがアルファ以外の性だと診断されたら……。

そう思うと、いたたまれない気持ちになる。

「初日に『ママ～』と言って、泣きべそをかいていたのは誰でしたっけ？」

続いてリビングルームに姿を見せた實森が微笑みとともにレイを揶揄《からか》う。いつもの執事スタイルに、長髪を細いワインレッドのリボンでハーフアップに結い上げている。腰に巻いた黒のカフェエプロンが、實森の恵まれた体軀をよく引き立てている。

「昨夜はシャンプーが目に入って大騒ぎでしたし、今朝もボタンをかけ違って癇癪を起こしましたよね」

「う、うるさいな！　實森は黙ってろよ」

言い返すレイは、まるで毛を逆立てた子ネコみたいだ。

「立派なアルファなら、そもそもボタンのかけ違いなどしないと思いますけど。ねぇ、多賀谷先生」

「……は？」

話を振られると思っていなかった多賀谷は、キッチンへ移動する實森を目で追った。

「どういう意味だ？」

「同意を求めただけです。もしかして、先生には何か思いあたる節が？」

多賀谷と目が合うと、實森が悪戯っぽくウィンクを投げてきた。

「そ、そんなはずないだろ」

言葉を濁すのは、ほんの一年ほど前まで、ボタンのかけ違いどころか、生活に関するほとんどの事案において、自分で何もできなかったからだ。今でこそシルクのパジャマや高級ブランドのスウェットを着て生活しているが、以前の多賀谷は着古して袖がほつれた部屋着を着て、食事はすべて外食で済ませていた。洗濯も掃除も仕事に出かける際のコーディネートも、何もかも人任せだったのだ。

「ねぇ、パパは小さいときから自分でボタンできた？」

キッチンで朝食の支度を始めた實森を恨めしく睨んでいると、レイがマシュカを撫でながら聞いてきた。

「当然だろ」

隠しきれない動揺が声に滲んだことに、レイは気がついただろうか。

「夜も一人で寝られた？」

マシュカの背を撫でる小さな手が、動きを止める。

「ああ。赤ん坊のころから一人で寝ていたからな」

「そっかぁ。やっぱりパパはすごいな」

いつもより元気のない声に、多賀谷はそっとレイの表情を窺った。

「暗い部屋に一人でも、パパ、平気だった？」

喉をグルグル鳴らすマシュカを見つめたまま、レイが声を潜めて尋ねてくる。

「一人で寝るのが当たり前だったからな」

幼少期をすごした父の豪邸では、夜になると母と離され、子供部屋に一人で寝かされていた。

「怖くなかった？」

多賀谷や實森の前で強がってばかりのレイが、不意に心細そうな表情を浮かべる。

子供ならよくあることだ。

「なんだ、お前。暗い部屋が怖いのか？」

今日までレイと必要以上にかかわることを避けてきたのに、つい聞き返してしまう。

「こ、怖くなんかない。でも……」

途中で口ごもったまま、レイがふたたび多賀谷を上目遣いに見つめてきた。

「なんだ。言いかけてやめるなよ」

「パパ、馬鹿にしない？」

薄い眉をハの字に歪めるレイを見つめ、多賀谷は思いを巡らせる。

せた。

「ああ。言ってみろ」

思い詰めた虹色の瞳が、人に言えない懊悩《おうのう》を抱えてすごしたかつての自分を思い起こさせた。

「夜も、暗いのも怖くない。だってぼくはアルファの王様の子供だもん」

多賀谷は、まるで幼いころの自分の言葉を聞いているような息苦しさを覚えた。

「でも、ときどきでいいから、いっしょに寝たいなって――」

小さな唇から零れ落ちた、ささやかな願い。

「母親といっしょに寝たことがないのか？」

ママと――とレイは口にしなかったが、誰と眠りたいかなんてすぐにわかった。

アルファとして厳しく躾《しつ》けられた多賀谷自身、母親に添い寝をしてもらった記憶はない。日本に帰ってきてからも、多賀谷の母はオメガである己を卑下し、アルファと信じた息子と一線を引いて接していた。

「母親に正直に言えばいいだろう？」

あのころの多賀谷には、寂しさを自覚する余裕もなかった。

「……そんなの」

レイがいっそう表情を曇らせ、そのまま口を噤《つぐ》んでしまう。

こうなってしまったら、お手上げだ。子供の機嫌の取り方なんて多賀谷にはわからない。

「にゃうん」

マシュカが甘えるように鳴いて、多賀谷の膝の上でころんと腹を晒す。しっぽをゆっくり左右に振って、もっと撫でろと言っているようだった。

「おい、マシュカが手を止めるなと言ってるぞ」

無言でいるよりいいだろうと、レイを促す。

「あ、うん」

レイがハッとして、子供らしくない作り笑いを浮かべた。

「腹を見せるのは、気を許しているからだ」

大きな丸い瞳を見開いて、レイが嬉しそうに問い返す。

「そうなの？」

「動物の腹は急所だ。そこを晒して見せるのは、相手を信頼しているという証だ」

心地よさそうに目を細めて喉を鳴らし続けるマシュカを見下ろして言う。

「マシュカに腹を触らせてもらうのに、俺は十日以上かかった」

ボソッと告げると、レイがぽかんとして多賀谷を見つめた。

「パパとマシュカ、すごく仲よしなのに？」

「誰にだって、苦手なことはある」

レイの視線を感じながら、多賀谷は懸命に言葉を捻り出そうとした。小説ならスラスラと文章を綴《つづ》ることができる。けれど、自分の口から想いを伝えるのはどうにも難しい。

「アルファだって、完璧な人間はいない。そういうヤツを俺はたくさん知ってる」

　多賀谷はマシュカの喉を指先でくすぐりながら続けた。

「だから、一人で眠れなくても恥じることなんかない。だいたい、子供が一人で寝るなんて、ふつうは難しいことだと思うぞ」

　広い寝室に一人。いつまでも眠れなくて、天井の装飾やカーテン越しに差し込む月明かりを睡魔に攫われるまで眺めていたことを、多賀谷は思い出していた。

「それに、今は一人じゃないだろ」

　ゆっくりとレイのほうへ顔を向けると、丸い虹色の虹彩が多賀谷を捉えていた。

「實森がいるし、ぬいぐるみも、マシュカだっている」

　レイが大きく頷く。

「うん。パパもいるもんね！」

　そう言って、これまで見せたどの笑顔よりも晴れ晴れとした笑みを溢れさせた。

「い、いやっ。俺は……」

　お前のパパじゃない――と言いかけた台詞を、多賀谷はすんでのところで呑み込んだ。なんの屈託もなく眩しいほどの笑顔を弾けさせるレイを傷つけかねないと気づいたからだ。

　レイが自分の血を引いていようが、いなかろうが、幼い子供を大人が傷つけるなんて許されることではない。

レイはすっかり機嫌が直ったらしく、マシュカの腹や喉を両手でわしゃわしゃと揉みしだいている。

マシュカは少し面倒臭そうな顔をしながらも、レイの好きにさせていた。

そんなレイとマシュカを眺めつつ、多賀谷は胸に広がるぬくもりに戸惑いながら、同時に心地よさも感じていた。

そのとき、キッチンから實森が呼びかけてきた。

「先生。レイくん。そろそろ朝食にしましょう」

言われて、ほんのり味噌《みそ》汁の香りが漂っていることに気づく。

「レイくん。マシュカは一度、ケージに戻してください。それと、手をしっかり洗ってくださいね」

實森がダイニングテーブルにサラダボウルを置いてレイに告げる。

「はーい！」

元気よく返事をすると、レイはマシュカを抱き上げると慣れた様子でケージに入れた。

そして、トコトコと小走りでダイニングルームの扉から出ていく。

「先生、まだパジャマのままなのですか？　起きたらすぐに顔を洗って、着替えてくださいといつも言っているではありませんか」

レイの背中を見送って、實森が小言を言う。

「お前たちが朝から大喧嘩してて、うるさくて起きたんだ」

「それとまだ着替えていないことは関係ないでしょう?」

カウチに腰かけたままの多賀谷に近づいて、實森が溜息を吐く。

「まったく、手のかかる人ですね」

言いながらも、實森はどことなく楽しそうだ。

「俺より、アイツの世話のほうが大変じゃないのか」

いくら面倒見のいい實森でも、朝から晩までレイの相手をして、ふだんの仕事もこなさなければならないのだから負担は大きいだろう。

「そうでもありませんよ」

實森が余裕たっぷりに微笑んで、多賀谷を見つめる。

「ふん。物好きなヤツだな」

呆れた顔をすると、實森が右手を差し出してきた。多賀谷は素直にその手を取り、引き上げられるままにゆっくりカウチから立ち上がった。

二人の距離が一気に縮まり、胸と胸が触れそうになる。

「おはようございます」

實森は小声で囁くと、多賀谷の額を掠めるようにキスをした。

「おい、レイが戻ってきたらどうするんだ!」

予期しなかった甘い触れ合いに驚き、多賀谷は思わず後ずさる。

「ですから、少しだけ……」

悪戯っぽく目を細めると、實森は寝癖でひどい状態の多賀谷の髪を撫で梳《す》いた。

「だからって、驚かせるな」

多賀谷がムッとした顔をしても、實森はいつものように微笑んでいるばかりだ。

「先生、わたしが言ったこと、忘れてしまわれたのですか?」

髪を撫でていた手が、項から首筋へとゆっくり下りていく。

「え?」

意味がわからず首を傾げると、實森は多賀谷の唇に指先で触れた。

「我慢しているのは、先生だけではないと言ったでしょう?」

レイを預かった初日の夜、簡易ベッドで實森の手で射精させられてから、二人にそれらしい触れ合いはなかった。

「レイくんには一切かかわらないと言っておいて、さっきは随分と仲睦まじそうでしたね」

唇からスッと手を放すと、實森はくるっと踵を返した。

「お、お前だって、俺よりアイツの世話ばっかりして——」

「だって、可愛らしいんですよ」

背を向けたまま、實森が足を止める。

「え？」

ドキッとして、多賀谷は一気に不安に囚われた。

「レイくん、出会ったころの先生を思い起こさせるんです。我儘で見栄っ張り、それに生意気なところなんて、本当に……我儘王子といったところですか」

「おい、お前……まさか、アイツが俺の子供だと思ってるんじゃ——」

不安に圧し潰されそうになりながら、實森の背に問いかける。

「その点は、あまり関係ないですね。ただ、あの子を見ていると、以前のあなたを思い出すというだけです。だから、つい——」

ゆっくりと振り向いて、實森が優しく笑う。

「甘やかしてあげたくなるのです。甘えることに慣れていない、レイくんを……」

實森の言葉に、欠片も嘘がないことが、多賀谷にはすぐわかった。

多賀谷は實森に近づくと、セット途中のダイニングテーブルに目を落とした。レイが座る場所に、赤や黄色、オレンジで彩られたチェック柄のランチョンマットが敷かれている。その上には、漆塗りの椀と子供用の茶碗《ちゃわん》、そして小さな箸が置いてあった。

「矯正用の箸じゃなくてもいいのか？」

「ええ。昨日、握り箸を注意して矯正用のお箸を持たせてみたら、すぐに持ち方をマスターしたみたいで……」

テーブルマナー同様、レイは箸や茶碗の持ち方も知らなかった。

「彼の習得能力には素晴らしいものがあります」

レイは幼児教育どころか、躾らしい躾を受けたことがないのでは――という疑念は、多賀谷と實森の共通認識だった。同居した初日はスプーンやフォークもまともに持てず、食器に顔を近づけて食べる「犬食い」をしたからだ。

しかし、實森が丁寧にテーブルマナーや箸などの持ち方を教えると、レイはすぐに覚えてしまった。

「ふぅん」

實森がレイを褒めるのは気に食わないが、素直にすごいと思う。

「三歳で先生の絵本を読めるようになったのも彼の努力によるものでしょう。それと、彼の口調や年齢に見合わない態度などから、おそらく彼の周囲には、大人しかいなかったのではないかと……」

實森の話を聞いて、多賀谷はなるほどと思った。

「母親から、アルファらしい口調や態度はこうだ……というふうに言われていたのではないでしょうか」

「うん。俺もそんな気がしていた」

多賀谷はどうしても、子供らしからぬレイの態度に自分の幼いころを重ねずにいられなかった。

——アイツも、母親のために本当の自分を偽っているのだろうか。

母親と一緒に寝たいと言えないのは、アルファらしくないとがっかりさせたくないからだろう。

「どんな母親なんだろうな」

レイを預かって以降、日に一度、ティエラプロから母親捜索の状況について連絡がくる。

しかし、手がかりすら見つかっていなかった。ホテルの監視カメラにレイといっしょに映っていないか調べさせたが、それらしい人物はいなかったという。ホテル近辺の監視カメラについても、同じような報告だった。

レイにそれとなく尋ねてみても、思い出などは話すのに、肝心の自宅や母親の仕事の話になると途端に口を噤んでしまう。

「……監視カメラにも映っていないなんて、いったいどういうことなのでしょうか」

オメガだとバレるのを恐れるあまり、他人と極力かかわらず生きてきたことを、多賀谷は心苦しく思う。もっと社交的であったなら、少しはレイの母親を捜す手伝いができただろう。

——俺の子供の、母親かもしれないのに……。

「アイツのこと、心配にならないのかな」

母親なら、子供がいなくなったら不安になるものだと思う。しかし、レイに関する迷子の届け出や、行方不明者の捜索願いは、今のところ出ていないという。

「レイくんは、自分が邪魔者だと言っていましたね」

レイが虐待を受けていた可能性も考えられた。だが、身体はいたって健康で、ホテルでの服装からも、その心配はないと判断されたのだ。

「……謎だらけだ」

「ですが、真相を明らかにするためにも、何よりレイくんのためにも、捜索は続けるべきだと思います」

力強い實森の言葉に、多賀谷はこくんと頷いた。

「さあ、先生。着替えはあとにして、食事にしましょう」

まるでレイが戻ってくるタイミングがわかっていたかのように、實森の声と同時にダイニングルームの扉が開いた。

「手、洗ってきたぞ。實森」

広げた両手を前に突き出し、レイが二人のそばへ駆け寄ってくる。

「石鹸《せっけん》でちゃんと洗ったぞ」

手を洗ったぐらいで……と、いつもの多賀谷なら思っただろう。

「よくできました。では、席に着いて待っていてください」

実森に褒められて、レイは嬉しそうだ。

「今朝は銀鮭《ぎんざけ》の塩焼きと出汁巻き玉子、ほうれん草のお浸しに豆腐となめこの赤出汁です」

多賀谷とレイの前に鮭の塩焼きがのった皿や小鉢が置かれた。

「まずは、お椀の蓋の開け方ですが、先生にお手本を見せていただきましょう」

「パカッて外せばいいんじゃないの？」

レイが文句を言う。

「子供のうちは許されるかもしれません。ですが、ナイフやフォークと同じで、和食のマナーも身につけておくと、大人になったときに必ず役に立ちますよ」

レイが不服そうな態度を見せると、實森は必ず多賀谷に同意を求める。

「ねぇ、多賀谷先生」

「あ、ああ」

協力しろといっているのだろう。多賀谷はそう察すると、チラッとレイを見やった。

レイは多賀谷と目が合うと、途端にパッと表情を明るくして期待を滲ませる。

「椀物の蓋を開けるときは、片手で椀を持って少し力を入れる。そして、そっと蓋をのの字を書くようにずらして持ち上げるんだ」

多賀谷は左手を椀に添え、右手で蓋のつまみを持った。

「蓋から垂れる雫が零れないよう注意して、蓋を返して椀の奥に置く。箸を取るのは椀を持ってから。出汁を飲むときは具が零れないよう箸で押さえておく」

多賀谷の説明を、レイは目をそらすことなく聞いている。

「具を食べるときも椀は持ったまま、雫が垂れないように注意する。すべて食べ終わったら、箸を先に置いて椀に元どおり蓋をする。あと、洋食ほどじゃないが、やはりみっともなく音を立てて食べるのは、あまりよくないとされているな」

言って、多賀谷は深いコクのある赤出汁をじっくり味わった。

「わかったか?」

「うん!」

レイは紫陽花のような瞳を大きく見開いて頷いた。

「パパ、すっごくカッコよかった!」

「さすが先生です。流れるような美しい所作でした」

實森もどこか嬉しそうだ。頬を綻ばせて、多賀谷を穏やかな眼差しで見つめる。

「これぐらい、当然だ」

面映ゆい感情が胸にじわりと広がって、嬉しさに口許がゆるみそうになった。

「では、レイくん。先生を真似てお味噌汁を飲んでみましょう」

「うん。パパみたいにカッコよく飲むから見てて！」

レイは左手でしっかり椀の縁を支えると、右手で蓋をスッと開けた。蓋についた雫を椀の中に落として、椀の左奥に蓋を返して置く。そして、椀を左手に持ってから箸を右手に持った。

「火傷するほど熱くはないはずですが、気をつけてくださいね」

多賀谷に教えられたとおり味噌汁を味わうレイに、實森が優しく言い添えた。

「うん」

レイは真剣な面持ちで箸先を椀に入れると、ぷくっとした下唇を椀に添えて、そっと味噌汁を流し込んだ。

「……ど、どう？」

こくんと喉を動かして嚥下《えんげ》して、レイはすぐに多賀谷の反応を窺う。

「かなりいいんじゃないか」

本音を言えば、指摘すべき点はいくつもあった。両肘が上がってぎこちなく、背中も丸くなっていた。しかし、テーブルマナーなど習った経験がないであろうレイに、最初から完璧を求めるのは無理だと思う。

「本当？　パパみたいに立派なアルファになれる？」

「それは……」

アルファと偽っている自分が容易く答えていいのかと、一瞬、躊躇いが生まれる。

すると、レイの隣に立っていた實森が、涼しげな顔で告げた。

「ええ、なれますよ」

實森の言葉に、ぎょっとする多賀谷とは裏腹に、レイは期待に満ち溢れた目で實森を見つめる。

「絶対に、なれる？」

實森はレイの視線をしっかり正面から受け止めて、大きく頷いてみせた。

「レイくんが頑張りさえすれば、きっと、多賀谷先生のような魅力的な人になれますよ」

「パパみたいに……」

多賀谷を崇拝しているといっても過言ではないレイにとって、實森の言葉はよほど嬉しかったのだろう。

「ぼく、頑張るよ！　お箸もフォークも上手に使えるようになったもん。絶対、パパみたいになるよ！」

レイに憧れの眼差しを向けられて、多賀谷はいたたまれない気持ちになった。

「ふん。せいぜい、努力するんだな」

レイが憧れているのは、アルファの多賀谷虹だ。

偽物アルファの自分ではない。

レイの憧憬の目に、後ろめたい気持ちを抱かずにいられない。

「さあ、お話はほどほどにしてください。味噌汁が冷めてしまいますよ」

實森に促され、その後はときおり会話を挟みながら食事を続けた。

魚の食べ方は、實森がつきっきりで教えてやっていた。外した骨や皮の置き方まで、まるでマナー講師のようだ。

「レイくんが美味しそうに食べるのを見ていると、わたしまで嬉しくなりますね」

食後、多賀谷は緑茶ではなく、なんとなく紅茶が飲みたくなった。幼いころを異国ですごしたためか、日本茶より紅茶に馴染みがある。

「實森、紅茶」

多賀谷の声に、實森がすかさずティーポットを手に歩み寄る。舞うような美しい仕草で紅茶を注ぐと、青い花が描かれたシュガーポットの蓋を開けた。ポーリッシュポタリーと呼ばれる東欧産の陶器の中から、オレンジ色の小さな花をかたどったデザインシュガーを三つ取り出し、多賀谷のティースプーンにのせる。

「九月に入ったので、季語の一つでもある金木犀《きんもくせい》のデザインシュガーを取り入れてみました。鮮やかなオレンジ色がとても愛らしいでしょう？」

「うん。溶かしてしまうのがもったいないくらいだ」

多賀谷がそうっとスプーンを紅茶に浸すと、ほろほろと金木犀の花弁が溶けていった。

「ええ、眺めているだけで、幸せな気分になりますよね」

實森は相変わらず、可愛らしいものが大好きだ。愛用のノートパソコンは季節ごとにデコレートを変えているし、髪を結うリボンやカフスボタン、ポケットチーフ等は、季節やその日の天気に合わせたデザインのものを選んでいる。

屈強な体軀に彫りの深い顔立ちというかにもアルファ然とした實森とは、どれも不釣り合いな印象だ。

「お花の砂糖なんてあるんだ」

實森がシュガーポットに蓋をしたところで、レイが会話に参加してきた。

「ええ、ほかにも薔薇《ばら》の花や星、動物やお魚の形をしたものもあるのですよ。可愛らしいでしょう」

實森が言うのに、レイは「ふぅん」と生返事をする。

實森はレイの前に新しいグラスを置いた。そして、とろりとした液体が入ったガラスのピッチャーを手にする。

「レイくんには、朝に搾《しぼ》った梨の生ジュースを用意しました。蜂蜜とレモンが入っていて、さっぱり飲めますよ」

「パパと同じがいい」

目の前に置かれたグラスを手で塞ぐと、レイは實森を上目遣いに睨んだ。

「ぼくも紅茶にする」

「實森がお前のために作ったんだぞ。我儘言うな」

多賀谷がすかさず注意すると、實森が宥めるようにレイに尋ねた。

「梨はお嫌いでしたか？」

「そうじゃない。でも、パパと同じがいいんだ」

レイは一歩も引かないとばかりに、まっすぐに實森を見つめ続ける。

「どうしても紅茶でなくてはならない理由はありますか？」

レイの我儘など、ひと言、ダメだと却下すればいいのに、實森が理由まで尋ねる意味が多賀谷にはわからない。

「だって、パパみたいになるなら、パパといっしょのことしなきゃいけないんだろ？」

レイの答えに、多賀谷は思わず噴き出しそうになった。どうやらレイは、多賀谷を真似ていれば、同じような大人に……アルファになれると思っているらしい。

「それは違います。先生を真似るだけでは、立派な人として成長できません」

實森は淡々とした口調で諭す。

「それに、紅茶にはカフェインという成分が含まれていて、子供の身体にはあまりよくないのです」

「かへいん……？」

「大人でも摂取しすぎると身体に悪影響を及ぼす嗜好品《しこう》なんです。どうしても飲みたいなら、ミルクをたっぷり入れたミルクティーを……」

實森の話を聞くうちに、レイの表情がどんどん暗くなっていくのがわかった。

「そんな悲しそうな顔をしないでください。それに、この梨ジュースは先生もとても気に入ってくださっているんですよ」

『多賀谷も気に入っている』と聞いた瞬間、レイが目を瞬かせた。

「パパが好きなジュース？　ほんと？　じゃあ、それでいい！」

實森はレイの機嫌を繕うのが本当に上手いと、多賀谷はこっそり感心していた。

——そういえば、俺も侑一郎にはいいようにあしらわれてるな。

人の心の機微を察するのも、その心に寄り添うことができるのも、實森の人となりのなせるところなのだろう。つくづく、敵わないなぁと痛感する。

それと同時に、そんな實森が自分の番だと思うと、嬉しくて忍び笑いが漏れた。

レイはあんなに拒絶した梨ジュースを、三回もおかわりした。多賀谷以上に気に入ったに違いない。

食後、實森監督のもと、多賀谷とレイは並んで歯磨きをした。身だしなみに頓着がなかった多賀谷もだが、レイも歯磨きが苦手らしい。

歯磨きのたびに文句を言っていたレイだが、多賀谷といっしょだと楽しそうだ。

「ふふっ。なんか、パパと歯磨きしてるなんて、変な感じ」

甘い味がする歯磨き粉の泡で口のまわりを汚しながら、レイは多賀谷を見上げて嬉しそうに笑って言った。

「そうやっていると、親子というより兄弟みたいですね」

鏡に映った多賀谷とレイを見て、實森が背後から声をかけてくる。

「はあ?」

「パパとぼく、兄弟に見える? ホント?」

ムッとする多賀谷と相反して、レイは嬉しそうに声をあげた。

「ええ。先生は年齢より若く見えますからね。あ、先生、今日のお召し物をお部屋に置いておきましたから、きちんと着替えてくださいよ。くれぐれも後ろ前に着たりしないでくださいね」

實森はそう言うと、レイにうがいをさせてからいっしょにパウダールームを出ていった。

「まったく、侑一郎のヤツ……なんでレイばっかり」

愚痴を呟きながら寝室に戻ると、ベッドの上に置かれた服を見てハッとなる。

「なんだ、コレは……」

琥珀色のボーダーシャツと濃いカーキ色のカーゴパンツは、レイとそっくり同じコーディネートだ。實森がレイとお揃いの服を用意したに違いない。

「アイツ……、いい加減にしろよ！」

ボーダーシャツを床に投げつけ、多賀谷は一人、咆哮《ほうこう》をあげたのだった。

そうして、その日から、レイはなんでも多賀谷の真似をしたがるようになったのだった。

【五】

ある昼下がり、多賀谷は爽やかな風を浴びながらテラスのデッキチェアで読書をしていた。隣のデッキチェアでは、レイが真似をするように絵本を読んでいる。レイの隣ではマシュカが真似をするように絵本を覗き込んでいた。

レイとの奇妙な共同生活が始まって、すでに十日あまりがすぎている。

レイの身元や母親についての情報は、不思議なことにまったく得られていない。

ティエラプロや二谷書房の関係者の焦燥ぶりはひどいらしく、連日實森を通じて詫《わ》びの品、差し入れが届くという有り様だった。レイを預かるという大きな負担を多賀谷側にかけているという疚《やま》しさがあるのだろう。

一日も早く、レイの母親が見つかってほしい。だが、自分にできることはレイの前で偽物アルファを演じるだけだと、多賀谷はなかば腹を括っていた。

もしレイの母親が見つからなくても、遺伝子検査をしてレイが他人だと判明すれば、三人と一匹の共同生活は終わるだろう。

――そのとき、レイはどうなるんだ?

ふと、そんな考えが頭に浮かぶ。

天涯孤独になって、施設にでも預けられるのだろうか……。

紫陽花色の瞳が悲しそうに揺れるのを想像して、多賀谷は針で突かれたような痛みを胸に覚えた。

そのとき、實森が多賀谷の顔を上から覗き込んできた。

「今日は、午後からテラスの掃除をすると伝えていたはずですが」

残暑厳しい日が続いていたが、午後三時をすぎるころになると日も傾き始め、秋らしい風を感じるようになっていた。

「ああ、そうだったか」

多賀谷はキョトンとした顔で、麦わら帽子を被ってピンクの花柄模様の腕抜きを両腕に装着し、仁王立ちする實森を見上げた。

「週明けに台風が続けて上陸するらしいので、今日中に掃除と片づけを済ませておきたいのです」

「わかった」

答えながら、手にした洋書に押し花の栞《しおり》を挟んで閉じる。

すると、隣でレイも同じように、栞を絵本に挟んだ。

「ふふっ。パパとお揃いなんだぞ、マシュカ。いいだろう?」

レイが読んでいたのは、宝物の古い絵本ではなく、實森がプレゼントした絵本のうちの一冊だ。多賀谷だけでなく、複数の作家のものを選んでやったらしい。

レイが絵本とマシュカを抱きかかえ、先にリビングへ戻っていく。

その背中に實森が声をかけた。

「ダイニングテーブルにマドレーヌを用意してありますから、おやつに先生と召し上がってください」

「うん。わかった！」

「俺は、いい」

レイが振り返るのと、多賀谷が實森に告げたのは、ほぼ同時だった。

「わかりました。マドレーヌはお持ちしますか？」

こういったとき、何も聞かずにいてくれる實森を、多賀谷は心からありがたく思う。

暇つぶしに読んでいた洋書から、面白そうなイメージが浮かんだのだ。この状態でキーボードを叩くと、曖昧だったものが形を成し、物語の世界観がしっかりしてくる。しかし、タイミングを逃すと、思い出そうとしても二度と同じイメージは浮かんでこない。

「パパ、おやついっしょに食べないの？」

レイはマシュカを抱いたまま戻ってくると、不満そうに多賀谷を見上げた。

「先生はお仕事があるそうです」

「だったら、パパのお仕事、ぼくも手伝う！　ねぇ、パパ。いいよね？」

すかさず「冗談じゃない」と言いかけるが、レイの縋るような瞳を見た瞬間、多賀谷はその言葉を呑み込んでしまった。

多賀谷がレイに甘い態度で接したことはない。父親らしい素振りをしたこともない。ただ、適度な距離を保ちつつ、レイの前でアルファらしく振る舞ってきただけだ。

母親の影響があるにしても、何故、レイがここまで多賀谷に懐いたのかわからない。

「レイくん、先生を困らせてはいけません」

實森が麦わら帽子を外して背中へ下げると、ゆっくりレイの前に屈んだ。

「先生がお仕事をされている間、いい子にしていると約束したのを忘れたのですか？」

ここに来た日に交わした約束を思い出したのだろう。レイが困惑に表情を曇らせた。

「でも、ぼくはパパみたいなアルファになりたいんだ」

それでも、レイは諦めない。ほんのりと目許を紅潮させて、なおも實森に言い募る。

「パパといっしょにいて真似したら、立派なアルファになれるんだよね？」

そう言うと、レイは突然、多賀谷にしがみついてきた。レイの腕からマシュカがひらりと飛び下りて、小走りにリビングルームへ駆けていく。

「ねぇ、パパ。實森に言ってよ。お仕事手伝ってもいいって！」

「あのな、俺の仕事はお前が手伝えるようなものじゃないんだ」

多賀谷はレイを見下ろして言った。

「それに、約束は守るべきだ。それができないなら、アルファどころか、人として問題がある」

レイの大きなアメジストの瞳に、みるみる涙が浮かんでくるのを認め、多賀谷は言葉の選択を誤ったことに気づく。しかし、子供相手に優しく諭すことに慣れていないため、フォローの仕方もわからない。

「パパ、ぼくのこと……邪魔？」

レイが声を震わせる。

「そ、そんなことは言っていないだろう」

泣かれると、ますますどうしていいのかわからない。

いたたまれなさに、實森へ救いを求めて視線を送る。

實森は小さく頷くと、レイの癖毛をくしゃりと撫でた。

「自分が我儘を言っていることはわかりますね？」

レイは無言のまま多賀谷に顔を押しつける。

「あなたが先生のことを尊敬していて、憧れていることはよくわかります。けれど、前にも言いましたが、先生を真似るばかりでは成長などできません」

多賀谷はそのとき、レイの震えが少しずつ鎮まってきていることに気づいた。しかし、スウェットパンツの生地を力強く摑む手を放す気配はない。

「先生がおっしゃったとおり、約束は守るべきです。それと……」

　實森はレイの肩に触れると、優しく振り向かせた。

「あなたがなりたいのは、立派なアルファですか？　それとも、小説家？」

　レイがおずおずと實森を見て頼りなく首を振る。

「どちらか、わからないということですか？」

「パパみたいな……アルファ」

　見下ろす形になる多賀谷にレイの表情は見えなかったが、わずかにしゃくり上げる声に半べそをかいていることが想像できた。

「それは、まだなりたいものがわからない……と言っているようなものです」

　小さな肩に触れながら、實森が続ける。

「多賀谷虹という作家は、たしかに唯一無二の素晴らしい存在です。ですが世界にはたくさんの立派な作家がいて、その性はアルファだけではありません」

「……アルファだけじゃ、ない？」

　レイは、アルファ以外の作家がいることを知らなかったらしい。

「ええ。それから、レイくんはよく立派なアルファと口にしますが、アルファでなくても立派な人はこの世にたくさんいます」

　気づくと、レイは多賀谷のスウェットから手を放して、絵本を胸に抱えていた。

「あなたは、もっと広い世界を知るべきです。たくさんの人、様々な国やお仕事……そういったことを見聞きすることは、必ずきみの成長の糧となるでしょうから」

「世界……」

レイの声が先ほどまでより明るく、トーンが上がったように聞こえる。

「先生のお仕事を手伝いたいなら、なおさらです」

ここで多賀谷を引き合いに出すあたり、さすがだな……と思った。

「世界を知るって、どうすればいいの？」

レイは實森の話に好奇心を掻き立てられたようだ。

「そうですね。本をたくさん読むこと。たくさんの人と会って話をすること。いろいろな土地にいってみたり……。現地にいけなくても、インターネットや本で情報や知識を得ることは可能です。それと、何事もやる前に諦めず、様々なことに挑戦するべきです」

五歳児にする話かどうかはさておき、レイは實森の話を真剣に聞いている。

「あなたはこれから、何者にもなれるのですよ」

實森がここまでで一番優しい声音でレイに告げる。

その声は、多賀谷の心に一滴の雫となって落ち、美しい波紋となって広がった。

「何者にも……って、どんな人にもなれるってこと？」

「そうです。先生みたいになりたいという気持ちも素敵です。だって先生は本当に素晴らしい人ですからね」

そこで、實森が自慢げに胸を張った。チラッと多賀谷を一瞥《いちべつ》したかと思うと、すぐにレイに視線を戻す。

「先生の作品を待っている人が世界中にいます。わたしもその一人です。それに、レイくんも多賀谷先生の新しい本を読みたいでしょう？」

「うん！　ぼく、この絵本も大好き！　これに出てくるネコ、マシュカに似てるよね」

レイは手にしていた絵本を實森に見せると、表紙に描かれた八割れ鍵しっぽの子ネコを指差した。

それに、實森がゆっくり頷く。

「では、先生がお仕事に集中できるよう、一人にして差し上げるのも、お手伝いだと思いませんか？」

「あ、そうか！」

レイがハッとして、多賀谷を振り仰いだ。雨に濡れた紫陽花のようだった瞳に、もう涙は滲んでいない。

「パパ。ぼく、いい子で待ってるから、お仕事頑張ってね！」

数分前まで駄々をこねていたとは思えないほど、レイがキラキラとした笑みを浮かべる。

その隣で穏やかに微笑む實森を見つめ、多賀谷は胸の中で嘆息した。

多賀谷一人では、レイを諭すことなどできなかっただろう。大人げなく怒鳴り散らした挙句、レイを置き去りにして仕事部屋に逃げ込んだに違いない。

しかし實森はレイとしっかり向き合い、焦ることなくゆっくり話をして落ち着かせ、納得させた。そればかりか、レイの向上心を刺激して、新しい一歩を踏み出すヒントまで与えたのだ。

――もし子供が生まれたら、いい親になるんだろうな。

自然と、そんな想いが湧き上がる。

「さあ、レイくん。手を洗っておやつを召し上がっていてください」

「うん。わかった！」

實森に促され、レイは絵本を手に背を向ける。

「先生には後ほど、お茶といっしょにお持ちします」

實森が麦わら帽子を被り直すのを、多賀谷はじっと見つめた。

「何か？」

多賀谷の視線に気づいて、實森が小首を傾げる。

「お前、なんでも似合うと思ってたけど、その格好はちょっと……ないと思うぞ」

麦わら帽子は日差し避けで、腕抜きも汚れや怪我を防ぐために必要だとわかる。ピンクの花柄は實森の趣味だから文句はない。しかし……。

「こういうときまで、執事スタイルの意味……なくないか？」

思ったままを口にすると、實森が驚いたように目を瞬かせた。

「あと、べつに業者入れてもいいんだぞ」

「ですが先生、他人を部屋に入れるのはお嫌いでしたよね？」

家事が一切できないため、以前はハウスクリーニング業者を入れていたのだが、同居を始めたときに實森が契約を解除したのだ。

「ああ。だが、こういったところは業者に頼んだほうが、お前の負担がなくなるだろ」

實森を思って言っているのに、当人は何故か不満そうだ。

「いや。お前が構わないなら、別にいいんだ……」

バツの悪さを感じて、實森に背を向ける。そのまま仕事部屋に向かおうとしたところで、實森がぼそりと呟いた。

「お気持ちはありがたいのですが、わたしが嫌なのです」

思いもしなかった言葉に、多賀谷は足を止めて振り返る。

「あなたとの愛の巣に……これ以上他人に踏み込まれるのは嫌なのです」

麦わら帽子の濃い影の下、實森が熱っぽい瞳で多賀谷を見つめていた。

二人きり、抱き合うときにだけ見せる、獲物を狙う獣のような瞳に、背筋がゾクッと震える。

「實森……？」

多賀谷の動揺を、實森は瞬時に察したらしい。

「すみません。気になさらないでください」

ニッコリ笑ってそう言うと、實森は麦わら帽子のつばで顔を隠すようにして、多賀谷に背を向けたのだった。


「やっぱり、侑一郎は……すごい」

穏やかな夕餉《ゆうげ》を終えて、猫脚のバスタブに一人で浸かりながら溜息とともに呟いた。

広々としたバスルームには、實森があらかじめ焚《た》いておいてくれたアロマの匂いが満たされていて、多賀谷の心を落ち着かせてくれる。

「そういえば、この匂い……嗅いだことがないな」

ミントグリーンの湯を手で掬って肩にかけつつ、スンスンと鼻を鳴らす。爽やかな森林を思わせる匂いは、多賀谷の好みに適っていた。

もともと、アロマは實森の趣味だ。一日の終わりにアロマで癒やされながら入浴を楽しむことを習慣としていたという。小花柄のシャワーキャップを被った筋骨隆々とした實森が、鼻歌交じりに半身浴をしている光景をはじめて見たときの衝撃を、多賀谷は今も鮮明に覚えている。以来、實森は毎日、様々な香りでバスタイムを演出してくれている。

「最近、ペットに害のない香油が増えてきたって言ってたな」

チャプンと湯を跳ね上げ、体勢を変えてバスタブの縁に肘をかけ、そこへ顎をのせると、窓際のスタンドに飾られたモンステラの鉢を眺める。バスルームにグリーンを取り入れるという趣向は、多賀谷にはまるで思いつかなかった。實森のおかげでバスルームの居心地がよくなったせいか、入浴時間が以前に比べて格段に長くなっている。

「一人のときは……烏《からす》の行水だったし」

そうポツリと呟いたとき、バスルームの扉が開いた。

「ノックぐらいしろよ」

上目遣いに見やった多賀谷の視線の先、湯気を身にまとう實森の姿があった。

ギリシャ彫刻を思わせる逞しい胸や腕、盛り上がった肩の筋肉は、どれも多賀谷には得られないものだ。手には若草色のシャワーキャップを持ち、割れた腹筋から下に今夜の湯の色と同じミントグリーンのタオルを巻いている。

「ノックしましたよ。何か考え事をなさっていて、気がつかなかったのでは?」

言いながら、實森は遠慮する素振りも見せず、バスタブに近づいてきた。そして、シャワーキャップの中に長い髪をしまうと、シャワーヘッドを手に取って立ったまま身体を流していく。

湯の雫が實森の肌の上を流れ落ちていく様子に、多賀谷は無意識に見入っていた。

「そんなに見つめられたら、妙な気分になってしまう」

「――え？」

ハッとなったところで、實森がやにわに腰に巻いたタオルを外す。

眼前に晒された股間で、實森の分身はいたって落ち着いた状態だった。流れ落ちた雫が整えられたアンダーヘアを濡らし、性器の根元へ張りつく様子は異様なまでに艶めかしい。

「ば、馬鹿っ。見せつけてきたのは、お前だろうっ」

多賀谷は慌てて實森に背を向けると、バスタブの反対側へ移動した。

「お風呂に入るのに、裸になるのは当然です」

背後で、湯気が動く気配がしたかと思うと、バスタブに張った湯が大きく揺れた。続けて水音が数回響く。

「ああ……。気持ちがいい」

實森が大きな溜息を吐いて、湯に浸かった。白磁のバスタブは欧州からの輸入品で、大人二人が余裕をもって浸かることができる。

「新しいアロマの香りは気に入っていただけましたか？」

ひた……と、肩に實森の大きな手が触れた途端、多賀谷は緊張に全身を強張らせた。

「あっ、ああ……」

レイを預かってから、ずっと一人で風呂に入っていたため、實森を妙に意識してしまう。

「落ち着く……匂いだ」

不審に思われたくなくて、平静を装って答える。

「そうですか。気に入っていただけてよかった」

言いながら、實森は多賀谷の肩や首筋、肩甲骨のまわりをやんわりとマッサージしてくれる。入浴剤が含まれた湯は少しとろみがついていて、摩擦が少なく實森の手の動きがなめらかだ。

「お仕事、進められそうですか?」

「うん。今日はいい感じだった。物語の舞台となる世界観に、久々にどっぷり浸かった気がする」

實森との未来や子供のことを考えるうち、書けなくなった。今なら、なんとなくだが理由がわかる。

自分に、自信がないのだ。子育てにも、愛されることにも、そして、實森と子供を同時に愛することにも——。

スランプに陥った理由を實森が知ったら、幻滅されるに違いない。

それでなくても、多くの仕事をペンディングした状態なのだ。しかも仕事先との交渉はすべて實森に任せている。

「まだ、プロットにもならない状態だが、上手く進めたいと思ってる」

實森を安心させたくて、明るい口調で言った。

書きたい――と強い欲求を感じたのは、本当に久しぶりだった。自分の中で何がどう変わったのか、明確な理由はわからない。

だが、レイを預かったことで、自分の未熟な部分を見つめる時間が増えたせいかもしれないと多賀谷は思っていた。

『あなたはこれから、何者にもなれるのですよ』

實森がレイに告げた言葉を思い出す。

――なれるだろうか、今からでも……。

親になる自信なんて欠片もないが、目を背けていたって悩みが晴れるわけでもない。まして、子供を欲しがっているであろう實森と、きちんと向き合うことなんてできるはずがなかった。

實森のため、そして自分のためにも、変わらなくてはならないと気づく。

「お前のおかげだ。侑一郎……」

改めて礼を言うのは、どうにも気恥ずかしい。けれど、ちゃんと言葉にしなくては、本当の気持ちはきちんと相手には伝わらない。

「仕事に関しては、やるべきことをしているだけです。ですが、そうやって殊勝な態度の先生が見られるのは、とても嬉しいですね」

両肩から腕に向かってぎゅっぎゅっと手で圧迫するようにマッサージをしつつ、實森が声を弾ませる。

「仕事でも……プライベートでも、お前にはいつだって感謝してるんだ」

なかなか二人で話し込む機会がなかったせいもあってか、多賀谷はいつになく饒舌《じょうぜつ》になっていた。

「それに、アイツ……レイのことも、お前がいてくれて本当によかったと思ってる。今日だって、まるで侑一郎が父親みたいだった……。俺じゃ、ああはできない」

「ふふ……。いったい今夜はどうされたのですか？　随分と素直ですね」

突然、抗う隙もなく、背中から抱き締められる。

「べ、べつに……思ったままを言っただけだ」

湯の中ですっぽり實森に包まれて、全身がのぼせたみたいに熱くなるのがわかった。この期に及んで暴れるわけにもいかず、多賀谷は借りてきたネコみたいに身体を縮こめる。

「では、ご褒美をいただけますか？」

「……は？」

何を言い出すのかと肩越しに振り向いたところを、顎を捉えられて強引に口づけられる。

「ウンッ」

バシャバシャと激しく湯が飛び散るが、實森に臆する様子はない。右腕で多賀谷の腕ごと上半身を抱き締め、左手でしっかと頤《おとがい》を捕まえて口づけを深めていく。

「ぁ……ふ、んっ」

首を捻って上体を反り返らせた体勢に、多賀谷はすぐ苦しさを感じた。左手で實森の腕を摑むが、引き剝がすことまではできない。

實森はまるで多賀谷の口腔を探しものでもするかのように、差し込んだ舌で蹂躙《じゅうりん》する。下の歯列を舐めたかと思えば、尖らせた舌先で撫でた。浮き上がった舌をすかさず吸い上げて、角度を変えて何度も甘嚙みする。

「まっ……て、って……。ん、はぁ……ゆぅ……いっ」

息も絶え絶えに、制止の言葉を紡いでも、實森の耳には届かない。

多賀谷の敏感な部位を知り尽くした實森の淫らな接吻《せっぷん》に、じわじわと官能を引き出されていく。

「はっ……あぁ、ん……ば、か……ぁ」

湯の中で、己の性器がやんわり勃ち上がっているのがわかった。

けれど、實森はソコに触れようとしない。執拗に口づけを繰り返しては、呼吸に喘ぐ多賀谷の表情を眇《すが》めた目で見つめるばかりだ。

多賀谷はなんとか抱擁を解こうとするが、歴然とした体格差の前になす術はなかった。

實森の長い脚で左脚を割り開かれて、太い腕に抱かれていなければ、すぐにバスタブに沈んでいただろう。

「な、んで……っ」

やっとの想いで投げかけた台詞に、實森が一瞬、目を見開いた。

「何故？　それをあなたが問うのですか？」

實森がどちらのものともわからない涎《よだれ》で濡れた唇を小さく動かして問いただす。

「だって、お前……なんか、変だ」

胸を大きく上下させて答えると、實森がフッと自嘲的な笑みを浮かべた。

「ええ、自分でもそう思います」

實森は多賀谷の頬や顎にキスしながら、低くくぐもった声で言った。

「仕方がないことだと頭ではわかっているのです」

多賀谷を捕まえていた右の腕を解くと、實森は身体をずらしてバスタブにしっかり腰を落ち着けた。そして、そのまま多賀谷を背後から抱え、自分の胸に背中を預けるよう促す。

「最近、レイくんのほうが、わたしより先生といる時間が長いでしょう？」

言われてみて、多賀谷はそういえばそうかもしれないと気づいた。

一日のうち、實森が一番長く接するのはレイだ。朝起きてから洗顔や着替え、食事の給仕、夜には風呂に入れて寝かしつけるまで、すべてを實森が一人で担っている。その間に通常の編集兼マネージャーの業務と家事などをこなしていた。つまり、多賀谷と二人きりですごす時間など限られて当然だった。

「自分から彼の世話を引き受けておきながら、泣き言など情けないのですが……先生とレイくんがいっしょにいる姿を見ていると、無性に歯痒《はがゆ》くなるのです」

言われて、多賀谷は日中、實森から熱っぽく鋭い視線を送られたことを思い出す。

「まさか、妬いてたのか？　……お前らしくないな」

思ったままを口にした多賀谷の胸を、實森が大きな掌でそろりと撫でた。

「あぁっ」

右の乳首を掠めるように触れられて、多賀谷は思わず短い嬌声《きょうせい》をあげる。

「余裕のないわたしは、お嫌いですか？」

實森は耳許へ囁きかけると、今度は突起をきつく摘まんだ。

「し、しら……な……っ」

答えようとしても、続けざまに左右の乳首を刺激されて、まともに言葉が紡げない。

「ねぇ、先生。何度も言ったはずですよ？　わたしだって我慢していると――」

脇腹から薄く割れた腹筋、そして臍《へそ》の窪みを器用な指先で弄りながら、實森は淡々と続ける。しかしその声にはねっとりとした情欲が滲んでいた。

「レイくんを前に冷静でいるあなたを見ていると、わたしだけが我慢しているような、そんな気持ちになるのです」

「そ、ンなこと……っ」

ときどき、跳ねた湯を顔に浴びながら、多賀谷は喘ぐように訴える。

「わかって……るくせにっ」

ぴたりと肌と肌を触れ合わせて、すぐそばに吐息を聞いているのに、背後にいて顔が見えないだけで、どうしてこんなにも頼りなさを感じるのだろう。

「俺だって……我慢して……いつも、お前のこと……取られるんじゃないかって――」

レイに、とは言わない。

「大丈夫。あなた以外、誰にもわたしは奪えません」

汗と湯で濡れた肩口に、實森が舌を這《は》わせる。両手は休みなく、多賀谷の胸や腹を愛撫し続けていた。

「あなたが言ったんです。放すな、命令だ――と」

互いの想いと身体を繋げ、番の契約を交わした日の記憶は、多賀谷にとってもっとも大切な情景だ。たとえ噛み痕が消えてしまっていても、本能で結ばれた痛みと記憶は、けっして忘れることなどできない。

「愛しています……虹」

軽く項に歯を立てて、實森が上擦った声で愛を囁く。

「う、うんっ。俺も……侑一郎を、あいして……る」

背筋がびりびりと痺れて、腰の奥に疼痛を覚える。勃起が湯の中で揺れるたび、多賀谷は腰を浮かせた。

「さ、わって……侑一郎」

我慢できず、右手を伸ばして勃起に触れ、忙しない手つきで扱く。

湯の中でゆるゆると扱く様を、實森はどんな目で見ているのだろう。そう思うだけで、背徳感に全身が戦慄いた。

「ご自分で触っているだけで、充分、気持ちよさそうですよ」

意地悪な囁きに、多賀谷は喉を喘がせた。

「な、んで……っ」

湯に長く浸かっているせいだろうか。頭の芯がジンジンと痺れて、全身がじんわりと熱を帯びている気がする。

「あなたの淫らで愛らしい姿を堪能しているだけです。まだしばらくは、存分にあなたを可愛がってあげられないでしょうからね」

「胸……ばっかりじゃなく……て、下……も、触れってば……」

手の中で張り詰めた性器を痛いくらいに擦りながら、多賀谷は實森の横顔へ訴えた。

ほつれた髪を頬に張りつけた實森が、やれやれといったふうに目を細める。

「下、ですか?」

「うん、うん……っ」

多賀谷が大きく頷くと、實森は多賀谷の腰から尻、太腿へ手を伸ばした。けれど、股間へは触れてくれない。

「ばかっ……焦らすなっ」

懸命に自身で性器を慰めながら、湯の中にあってさえ先走りが溢れているのがわかる。疼きは全身に広がっていた。触れてもいなければ触れられてもいない、尻の狭間にむず痒さを覚える。

すると、實森がほうっと溜息を吐いた。そして、何も言わずに多賀谷の尻を持ち上げて己の腰に抱えた。

「あっ」

尻の谷間に触れた硬い灼熱《しやくねつ》に、多賀谷は驚きと期待の声を漏らす。

實森の股間で、その体軀に見合った性器がこれ以上はないくらい勃起していた。

「わかりますか?」

性器を擦りつけるようにして、實森が囁きかける。

「あなたの淫らで愛らしい声や表情で、こんなふうになっているのが」

反応を窺うように顔を覗き込んできた實森を、多賀谷は恨みがましく睨んだ。

するると、實森はふわりと微笑んで、左目の下にある黒子へキスをくれた。

「駄目ですね。あなたのその宝石のような瞳で見つめられると、我を忘れそうになる」

しっとりとして、けれどどこか落ち着かない声音に、多賀谷の鼓膜が甘く痺れる。

「侑一郎……っ」

實森も、もっと触りたいはずだ。はち切れんばかりの勃起や濡れた声、妖艶な眼差しがそう訴えている。

「ちゃんと、俺に触れ——っ」

声を上擦らせて吐き捨てた瞬間、一際大きく湯が跳ねた。同時に、性器を握った手に大きな手が重なり、やや乱雑に上下させられる。

「ああっ！　あ、はぁ……っ」

抱えられた尻の下で、實森の腰が前後に揺れて、尻の狭間を熱く硬い勃起が行き来した。ちゃぷちゃぷと湯が跳ねる音と、多賀谷の嬌声がバスルームに響く。

「虹っ……。声を、抑えて……っ」

右手で多賀谷の手とともに性器を扱き、左手で腰を支えて身体を揺すりながら、實森が余裕のない声で命じる。

「はっ……はぁ、無理……っ。ゆ、いちろっ……あ、あぁ」

それでも、多賀谷は左手を口許に運んだ。口を覆おうとするが、与えられる律動と快感に、まったく役目を果たさない。

「も、挿れて……侑一郎っ。うしろ……埋めて、ほしぃ」

射精感が募るとともに、尻が物欲しげに疼いて仕方なかった。擦りつけられる實森の性器を、身体の中で感じたい欲求が込み上げる。

「ダメ……です。レイくんが……起きてきたら、どう……するつもり、です」

自分だって多賀谷と繋がりたくて堪らないだろうに、實森は挿入する気がないらしい。

「だったら……なんで、あ、ああっ……もぅ」

重なった實森の手に力が込められる。自分の手の感覚が曖昧になって、いいように性器を刺激されているような感覚に陥った。

「イ……くっ。駄目……あ、もぉ……出……っ」

挿入してくれるまで堪えようと思ったが、無理な話だった。

實森の手で、多賀谷は呆気なく達してしまう。

「ふ、ぅ……うぅ」

視界の端で、ミントグリーンの湯が濁る様を捉えると、大きく肩を喘がせた。そして、くたりと實森の胸に背中を預け、全身を脱力させる。

實森が重なった手を離すのに続いて、多賀谷も力を失っていく性器を解放した。

「先生」

絶頂の余韻と浮遊感に浸っていると、實森が静かに呼びかけてきた。

「このままではのぼせてしまいます。身体を流して、先に上がっていてください」

そう言うと、實森は軽々と多賀谷を抱き上げて湯から上がった。そのままバスルームの扉を開けて、ふわふわのバスローブを多賀谷に羽織らせてくれる。

「髪を乾かしてあげます。寝室で待っていてください」

「う、ん……」

ぼんやりとしたまま頷くと、多賀谷は言われたとおり寝室に向かった。

おそらく、自身で行き場のない欲情を処理してきたのだろう。實森は濡れ髪にバスローブを羽織った姿で寝室に現れた。手にはヘアオイルとドライヤーを持っている。

「お待たせしました」

實森は多賀谷をキングサイズのベッドの縁に座らせると、丁寧に栗色の髪へヘアオイルを塗り込み始めた。そして、慣れた手つきでドライヤーを操り髪を乾かしていく。

「先生」

もう、名前では呼んでくれないことを、多賀谷は少し残念に思った。

「ん？」

心地よさにうっとりとなりながら返事をする。

「ほんのかすかに、フェロモンの匂いがしています。お気づきでしたか？」

「……え？」

言われて、入浴中に感じた熱っぽさは、のぼせではなく発情の兆候だったことに気づく。

「そういえば、そろそろだったな」

三か月に一度訪れる発情期は、オメガである証だ。

番を得たからといって、多賀谷のフェロモン異常が治ったわけではない。實森以外のアルファに効果がないだけで、発情期になると抑制剤では抑えきれないフェロモンが溢れ出し、日常生活がまともに送れなくなる。

「なあ、レイにバレると思うか？」

後頭部にあたたかい風を受けながら問うと、實森が「さあ」と言って続けた。

「第二次性徴前にフェロモンを感知することは滅多にないらしいので、大丈夫だとは思いますが……」

レイが本当に多賀谷の血を受け継いでいるとしたら、レイもオメガの可能性が生じる。

多賀谷をアルファだと信じ、自身もアルファだと思い込んでいるレイが、真実を知ってしまったら——。

「困ったな」

思わず、本音が口を衝いて出た。

「レイくんは妙に聡《さと》いところがありますから、気をつけるほかないですね」

実の親子かどうかはべつとして、幼いレイの夢や憧れを壊したくはなかった。

「うん」

多賀谷はいつの間にか、レイへの情が生まれていることに気づいていた。

何故、多賀谷のもとに現れたのか、謎はいっこうに解決されていない。

けれど、幼い彼にとっては重大な事情があることは窺い知れた。

「先生、もしも……のお話をしても？」

多賀谷は無言で頷く。なんとなくだが、實森が何を言おうとしているのか気づいていたからだ。

「もし、レイくんの母親が見つからなかった場合……」

ドライヤーの音がやんで、實森の指が多賀谷の髪に絡みつく。

「あなたさえよければ、引き取りたいと……」

——ああ。やっぱり……そうか。

實森のレイへの愛情の深さは、そばで見ているだけで充分に伝わってきた。

「俺の子じゃなくても、か？」

そんなに子供が欲しいのか、とは聞けなかった。

「彼がわたしたちの前に現れたのは、何かしらの縁……運命だったのかもしれない。それに、こういった境遇に生まれてきただけで、レイくんにはなんの罪もありませんから」

レイに帰る場所がないのなら……。

たしかに多賀谷も考えなかったことではない。けれど、もしレイを引き取るとなったら、多賀谷の秘密を明かさないわけにはいかないだろう。

「俺がオメガだったとしても、アイツが……レイが、俺のそばにいたいと望むなら、考えてやっても……いい」

實森も難しい問題だということは、百も承知しているのだろう。

「わかっています。レイくんには幸せになってほしい。けれど、わたしが一番に想うのは、虹……あなたですから」

實森がぎゅっと肩を抱き締める。

多賀谷はその腕に手を添えると、静かに瞼《まぶた》を閉じた。

奇妙な三人と一匹での共同生活が、いつまで続くかはわからない。

けれど、實森の言ったとおり運命だったとするならば……レイを引き取ることで、得られる幸福があるのではないだろうか。

誰もが幸せになれる――そんな未来を、多賀谷は思い描こうとしていた。

【六】

「は？」

仕事部屋で重版が決まった著作の校正作業をしていた多賀谷のもとに、實森が珍しく焦った様子で顔を覗かせた。

「俺が、レイを風呂に……？」

「はい。絵本の読み聞かせイベントの記事について、二谷書房から急ぎで確認してほしいことがあると電話がかかってきたんですが、レイくん、もうお風呂にいるんです」

實森の足許には、鳴きながら甘えるマシュカの姿があった。

「一人で放っておくわけにはいかないでしょう？　先生はお風呂、まだですよね？」

「けど……子供を風呂に入れたことなんかないぞ」

よほど急ぎの案件なのだろう。實森は左手にスマートフォンを持ったままだ。

「いつもわたしが先生にしているように、レイくんの髪と身体を洗ってください。わたしもできるだけ急いで返事を済ませますから」

早口で一方的に告げると、實森はさっさと仕事部屋から出ていってしまった。そのあとをマシュカが追いかけていく。

「いや、無理だろ……」

茫然《ぼうぜん》として呟くが、まさかレイを放っておくわけにもいかない。

「仕方ないな」

釈然としないまま、多賀谷はバスルームに向かったのだった。

パウダールームには、レイの着替えの隣に多賀谷の着替えもすでに用意されていた。

バスルームの磨りガラスの向こうから、レイが歌を口ずさむ声が聞こえる。ときどき水音が響いて、バスタイムを楽しんでいるようだった。

多賀谷はしばらく逡巡していたが、やがて意を決して着ていたスウェットの上下を脱ぎ捨て、腰にバスタオルを巻いた。

「遅いぞ！　實も……りっ」

扉を開けてバスルームに入ると、浅く湯を張ったバスタブの中でレイが振り返った。

「え？　パパ……？」

恐竜のバストイを手にしたまま、レイが藤色の瞳を見開く。

「急ぎの仕事があって實森はあとからくる。それまで、俺が……」

バスタブに近づいていくと、ぽかんと口を開いたままのレイを見下ろして問いかけた。

「なんだ。俺じゃ不満か？」

レイが「あ」と小さく声を漏らし、目を瞬かせる。

「ち、違う。だってぼく、ずっとパパといっしょにお風呂入ってみたかったんだ！」

我に返った様子で早口で捲し立てると、レイはバスタブの縁に手をついて立ち上がった。

「やったぁーっ！」

スポンジでできた恐竜を右手に持ったまま、レイがバスタブの中で小さく跳ねる。

「おい、危ないから跳ねるな！」

注意した途端、レイが足を滑らせてバランスを崩す。

「あっ！」

短い悲鳴をあげたレイを、多賀谷は咄嗟に抱き支えた。

「まったく……。頭でも打ったらどうするつもりだ」

小さな身体をしっかと抱いて、多賀谷は安堵の溜息を吐く。

「びっくりしたぁ……」

多賀谷の腕にしがみついたレイが、顔を強張らせて呟いた。

「おい、人に心配や迷惑をかけたら、言うことがあるだろう」

じっと睨むと、レイが慌ててぺこりと頭を下げる。

「ご、ごめんなさい」

實森には偉そうな態度をとっているが、アルファの父親として憧れる多賀谷が相手だと随分と素直だ。

「ふだんから相手を選ばずに謝ったり礼が言えるようでないと、人から嫌われるぞ」

——人のことを言えないくせに、偉そうに……。

自虐に苛まれつつ、ゆっくり屈んでレイを湯に浸からせる。

「パパ、筋肉すごいね」

多賀谷の上腕に触れたまま、レイが感心した様子で言った。

「そうか？」

アルファらしくあるために、多賀谷はずっと身体作りに励んできた。しかし、オメガの特質なのか、どれだけ厳しい筋力トレーニングをしても、アルファのような分厚くて重量感のある身体にはなれなかった。それでも、一見してオメガとは思えない身体だと自負している。薄くてもはっきり割れた腹筋や、形よく張った胸筋、腕や腿の筋肉は、人目に触れても恥ずかしくないと思っていた。

——まあ、最近……少しサボりがちだがな。

「ぼくも大人になったら、パパみたいにカッコよくなれる？」

「トレーニング次第だな。あと、好き嫌いをしていては駄目だろう」

實森に出会うまで、好き嫌い、食べず嫌いのオンパレードだった。しかし、今ではほとんど克服できていて、健康面もまったく問題がない。

「おやつばっかり食べていては、無駄な脂肪が蓄積されて太るしな」

レイはすっかり、實森の作るスイーツの虜になってしまっていた。自分の分では物足りなくて、多賀谷が分けてやることもしばしばあった。

「うん。わかった。嫌いな野菜もちゃんと食べる。そしたら、パパみたいになれるよね」

「かもしれないな」

曖昧な返事をして、ふと、思う。

實森の――本物のアルファの身体を見たら、レイはどう思うだろう。

ふだん、實森は執事スタイルのまま、腕と裾を捲っただけでレイを風呂に入れている。

「お待たせしました」

そのとき、バスルームの扉がすぅっと開いて、サーモンピンク地に小花柄のシャワーキャップを被った實森が入ってきた。何故か裸で、腰にタオルではなくシャワーキャップと同じサーモンピンクのハーフパンツを穿いている。

「お詫びに、バスタイムを楽しくするグッズをお持ちしました」

實森は手にしたパステルカラーのバスケットを掲げてみせた。

「先生、ありがとうございました。ああ、すっかりお湯が冷めてしまいましたね」

實森はカランのハンドルを捻ると、勢いよくバスタブに湯を注ぎ始めた。

「さあ、先生もしっかりお湯に浸かってください」

「いや、俺はいい。お前がレイの面倒見るなら、もう出て……」

實森がきたなら自分は用済みだ。そう思って立ち上がろうとしたが、實森に肩をしっかと摑まれてしまった。

「そう言わず、先生も、是非」

實森が、ニッコリとあからさまな作り笑いを向ける。

――これは、抵抗しても無駄だな。

諦めて嘆息したとき、レイが不満の声をあげた。

「なんだよ、實森！　せっかくパパと二人だったのに、邪魔するな！」

バスタブの縁を摑んで、ぷぅっと頰を膨らませて威嚇する。

しかし、實森はまったく意に介さない。それどころか、ひどく機嫌よさそうにニコニコ笑って、バスケットの中からミントグリーンのシャワーキャップを取り出した。そこには様々な乗り物のイラストがプリントされている。

「せっかくですから、みんなお揃いにしましょうか」

「え……っ？」

レイに身構える隙も与えず、實森が素早くその頭にシャワーキャップを被せる。

「こんな変なの、被りたくないってば！　やめろってば！」

「とっても似合ってますよ。ああ、可愛いらしいですねぇ」

レイは手を伸ばしてシャワーキャップを外そうとするが、すぐさま實森に被らされてしまう。二人は何度もイタチごっこを繰り返した。

「ふはっ……」

二人のやり取りを眺めていた多賀谷は、思わず噴き出してしまった。

「ははは！　何やってるんだ、お前たち……。あははは」

腹を抱えて笑い出した多賀谷に気づいて、レイが顔を真っ赤にして怒る。

「もうっ！　パパ、笑ってないで、實森をどうにかしてよ！」

「だって、お前……ホントに似合ってるって！」

色白のレイに、明るいグリーンのシャワーキャップはよく映える。

「では、先生も是非！」

多賀谷の不意を衝いて、實森がどこからともなく取り出したスカイブルーのシャワーキャップを被せる。

「わっ……」

勢いよく一気に目の下まで覆われ、視界が塞がれてしまう。

「さあ、これで三人ともお揃いになりました」

楽しげな實森の声、前方からはレイのはしゃいだ笑い声が聞こえた。

「馬鹿っ！　なんで俺まで……っ！」

思わず大声で叫び、シャワーキャップを外して立ち上がる。

次の瞬間、頭上から水が降り注いだ。

「うわっ、冷たいだろ！　やめろ、實森っ！」

手で飛沫を避けながら、シャワーヘッドを向けて水をかけてくる實森を睨む。

實森はすぐにシャワーを止めたが、多賀谷は頭からびしょ濡れになってしまった。

「先生。そのままでは風邪をひいてしまいます。ゆっくりお湯に浸かりましょうか」

微塵も悪びれるふうもなく、實森が笑顔で言いのける。

嫌がる多賀谷をバスタブに入れるため、わざと水をかけたのだ。

「お前……っ」

呆れて言葉が続かない。

そのとき、レイが突然、多賀谷の手を取った。

「パパも入ろうよ！　あったまったほうがいいってば！」

バスタブの中からぐいぐいと多賀谷を引っ張る。

「それにね、實森に頭洗ってもらうとすごく気持ちいいんだよ」

上目遣いに見つめるレイの瞳に、必死の色が浮かんでいた。

『ずっとパパといっしょにお風呂入ってみたかったんだ！』

多賀谷の脳裏をレイの言葉がよぎり、同時に良心の呵責《かしゃく》に胸を苛まれる。

「レイくんの言うとおりですよ。観念してください、先生。この際ですから、お二人ごいっしょにお世話させていただきます」

實森が追い打ちをかけてくる。

レイはぎゅっと多賀谷の手を摑んで放さない。

ここで我をとおしてしまったら、後味の悪さが残るだけのような気がした。

「わかった。今日だけだぞ」

多賀谷はこれ以上ないくらい大袈裟《おおげさ》に溜息を吐くと、渋々といったていでバスタブに入った。

「先生、シャワーキャップをお忘れですよ」

すかさず、實森がもう一度頭に派手なシャワーキャップを被せてくる。

「ふふっ！　パパとお揃いなら、変な格好するのも面白いね」

あんなに嫌がっていたシャワーキャップを、レイはすっかり気に入ってしまったらしい。

バスタブの湯も充分に溜まって、多賀谷の冷えた身体をじんわりとあたためてくれる。

實森がバスケットから小瓶を取り出し、ピンク色のとろりとした液体を湯の中に注ぎ入れた。

「實森。それ、なんなの？」

「見ていれば、すぐにわかりますよ」

小瓶をバスケットに戻すと、實森はシャワーヘッドを手に取った。そして、バスタブの湯面に向かって勢いよく湯を注ぐと同時に、右腕で湯を掻きまわす。

するとみるみるうちに淡いピンク色の泡がモコモコと盛り上がってきた。

「うわぁ！　泡がいっぱい出てきた！」

「こんなすぐに泡が立つものなんだな」

バスタブ全体を泡が覆い尽くし、ほんのり甘い香りがバスルームに広がる。

「本当は、お湯を溜めるときに準備するのですが……」

シャワーを止めてヘッドをフックに戻そうと立ち上がった實森が、ふと話すのをやめた。

「レイくん、何か？」

實森がレイを不思議そうに見下ろす。

すると、レイが實森の身体をしげしげと見つめていた。

「なんか、パパと違う」

「何が違うのですか？」

けれど、多賀谷にはなんとなく、レイの答えがわかった。

「パパもカッコいいけど、實森の身体……全部、大きい感じがする。服着てるときと全然違う」

レイは實森の均整の取れた逞しい体軀に見惚れていたのだ。割れているばかりでなくくっきり盛り上がったシックスパックに、分厚い胸板、肩から上腕までの見事な筋肉は、どれも多賀谷の身体を見劣りさせる。

「實森、今はもうアルファじゃないのに、アルファみたいだ」

レイはキラキラとした憧れの眼差しで實森を見上げていた。

「身体の作りまでは変わらないですからね」

にこやかに答えて、實森はふたたびバスケットに手を伸ばした。

「いつもより長風呂になりますから、水分補給も忘れないようにしないと」

取り出したのは二つのクリアボトルだ。一つは明るい水色、もう一つはオレンジ色をしていて、星やハートの絵が散りばめられている。中にはスポーツドリンクらしい液体がたっぷり入っていた。

「さあ、ではまず。レイくんの髪から洗いましょうか?」

實森はバスタブの横にバスチェアを置いて腰かけると、レイに目配せを送った。

「でも、やっぱり、変だよ。實森」

レイが泡の中を掻くようにして移動する。

「どこが変だって?」

今度は多賀谷が尋ねる。實森の見るからにアルファといった肉体を前に、レイがどう思ったのか気になったのだ。

「だって、パパ。こんなの頭に被って、泡ぶくぶくの甘い匂いのお風呂なんて、アルファらしくないもん。やっぱり實森って変だと思わない？」

實森は穏やかな微笑みをたたえたまま、黙ってレイのシャワーキャップを脱がせ、髪を洗い始めた。

「いつもの召し使いの服は格好よくてイケてるのに、實森のパジャマ、リボンついてたし、パソコンもスマホも女みたいにデコッてるしさ……」

ブツブツと實森の可愛いもの好きについて文句を言うレイだが、髪を洗われているうちに心地よくなってきたらしい。

「……でも」

レイはうっとりとして目を閉じると、やがて小さな声で囁いた。

「こういうの、ママ……好きそう」

口許を綻ばせ、独り言のように続ける。

「ママ、キラキラしたのが好きなんだ」

瞼の裏に、母親の顔を思い描いているのだろうか。

實森が手早くシャンプーを濯《すす》ぎ、トリートメントをレイの髪に塗り込みながら、優しく問いかける。

「お母様に会えなくて、寂しくありませんか？」

多賀谷はレイの反応をそっと窺った。

するとレイは一瞬、ハッとして表情を強張らせたが、すぐにきゅっと眉間に皺を寄せてわざとらしく大声で言った。

「会いたくなんかないし、寂しくない！」

レイの髪に触れる實森の手が止まり、多賀谷は無言で成りゆきを見守る。

少しして、レイがふぅ……っと息を吐き、ゆっくり口を開いた。

「それに、きっとママも会いたくないって思ってる」

ぶっきらぼうな口ぶりは、まるで、何か強い想いを断ち切ろうとしているように多賀谷には聞こえた。

「っていうか、せっかく楽しかったのにさぁ。實森のせいで、すっごく嫌な気持ちになっちゃった」

不満の色をありありと浮かべると、レイはいきなり實森の手を払った。

「あとはパパに洗ってもらうから、もう出てけよ」

そう言って、多賀谷のそばへ近づいてくる。

「さて、困りましたね」

小首を傾げながらも、實森は微塵も困っているようには見えない。

「先生、レイくんはああ言っていますが、いかがいたしましょうか」

實森がすぐさまレイを窘めると思っていた多賀谷は、答えを求められて困惑した。

「俺は人の髪なんて洗ったことがないんだぞ。だいたい、コイツの世話は實森が……」

そのとき、實森のスマートフォンがバスルームの外でオルゴールの音色を奏でた。

「すみません、先ほどの急ぎの案件についての連絡かもしれません」

實森は手足をサッと流すと、多賀谷に会釈をしてバスルームを出ていった。そして、扉をしっかり閉じて電話の相手と話し始める。

バスルームには、重苦しい沈黙が流れていた。

レイは額から目許に滴ってくるトリートメントを何度も手で拭いながら、ときどき多賀谷の表情を窺うばかりだ。

「先生、申し訳ないのですが、急遽《きゅうきょ》リモートで対応することになりました。レイくんのこと、あとは髪を濯いで身体を洗ってあげるだけなので、お願いできますか？」

バスローブを羽織った實森がスマートフォンを手に早口で告げる。頭にはシャワーキャップを被ったままだ。

「では、よろしくお願いします」

實森は多賀谷の返事も聞かないで、扉を閉じてしまった。

「あっ、實森……っ」

慌てて呼び止めるが、当然、間に合わない。

「よろしく……って、無茶言うなよ」

「パパ、目が痛くなってきた。早く洗って！」

滴り落ちたトリートメントに、目を刺激されたのだろう。レイは今にも閉じた左目を手の甲で擦りそうだ。

「わかった！　わかったから、目、擦るな！」

多賀谷は慌ててシャワーヘッドを手にすると、いつも實森が髪を洗う流れを思い出しながら、どうにかレイの髪を濯ぎ終えたのだった。

「……はぁ」

子供の髪をただ流しただけなのに、フルマラソンを完走したかのような疲労が押し寄せる。のしかかる倦怠感《けんたいかん》に、気を抜くと泡の中へずぶずぶ沈んでしまいそうだった。

疲労困憊《ひろうこんぱい》の多賀谷とは裏腹に、レイはご機嫌な様子で聞き慣れない歌を口ずさんでいる。

濡れた髪をオールバックに撫でつけているため、紫陽花色の瞳がいつも以上に目を引いた。

多賀谷は自分の髪を洗う気にもなれず、ぼんやりレイの歌に耳を傾ける。

レイは歌が上手かった。透きとおったソプラノで、調子を外すこともなく、のびのびと楽しみながら歌っている。バスルームに反響する歌声を聞いていると、疲弊した気持ちが癒やされるような気がした。

「パパ、お疲れ？」

歌に飽きたのか、レイが泡を両手で掬ったり、息を吹きかけて飛ばしながら話しかけてきた。

「いや。大丈夫だ」

つい、虚勢を張ってしまったのは、大人としての面目を保ちたかったからか、それとも優秀なアルファを意識したからだろうか。

「實森と違って痛かったりしたけど、パパに髪洗ってもらえて、嬉しかったよ」

あどけない眼差しが、今の多賀谷には突き刺さるようだった。五歳児に気遣われて、本当に泡の中へ消えてしまいたくなる。

「目も痛くならなかったし、パパの手、優しかった。本当にパパはなんでもできるんだね。やっぱりアルファってすごいよ」

レイは無邪気にアルファを礼賛する。その言葉や気持ちを、偽物である自分に向けられていると思うと、多賀谷の胸に虚ろな寂寞《せきばく》が広がった。

「實森もなんでもできるけど、アルファのパパにはやっぱり敵わないよ」

少しずつではあるが、實森を認めつつあるらしい。

しかし、レイの判断基準はどこまでいっても「アルファかそうでないか」だ。

何か言わなくてはと言葉を探していると、レイがふと疑問を口にした。

「ねぇパパ。どうして實森はアルファじゃなくなったんだろ」

「それは……」

多賀谷は實森が抑制処置を受けた想いを知っている。しかし、本人の許可を得ず他人に話していいことではない。今はアルファ性を取り戻しているといっても、バース性にかかわる事案はとてもプライベートな問題であることに変わりないからだ。

「せっかくアルファだったのに、もったいないよね。實森、馬鹿だなぁ」

幼さは罪ではない。

けれど、幼さを理由に、無知であることを放っておいていいことにはならない。

「レイ」

多賀谷は周囲の泡を払いのけると、レイを真正面から見据えた。

「俺からしてみれば、お前……いや、アルファをやたら崇める世の中の連中のほうが馬鹿だ。大馬鹿野郎ばっかりだ」

相手は年端もいかない子供だ。語気を荒らげながらも、多賀谷は懸命に冷静でいようと心がけつつ話した。

「なあ、レイ」

身を縮こまらせるレイに、多賀谷は声のトーンを落として呼びかける。

「お前はさっき、實森のことをなんでもできてすごい、と言ったよな?」

「う、うん。言ったけど……」

レイが怯えた表情で小さく頷く。多賀谷の顔色が急に変わった理由がわからず、戸惑っている様子だ。

「だったら、単純にすごいってことでいいだろ。どうして、アルファなのにとか、もったいないとか思うんだ?」

想いのまま物語や文章を綴ることができるのに、どうして自分の口から言葉として伝えるとなると、こんなにももどかしいのだろう。

レイが困った顔で目を伏せる。伝えたい想いが上手く伝わっていないのは明らかだった。

「えっと、その……。たとえば、お前と同じ年ごろの子供が、レイにできないことを上手にできたら、すごいと思うだろ?」

「うん」

レイがはっきり頷く。

「俺が言いたいのはそういうことだ。バース性なんか関係なく、すごいヤツはすごい。そう思わないか?」

「なんとなくわかるけど……。でも、アルファだからできて、ベータやオメガにできないことが、世の中にいっぱいあるんだよね?」

多賀谷はレイの言葉の向こうに、母親の存在を感じていた。

「そんなことはない。アルファにだって手に入れられないものはあるし、ベータやオメガでも叶えられる夢はある」

自分とよく似たアースカラーの瞳を見つめると、多賀谷は確固たる信念をもってレイに告げた。けれど、自分が本当はオメガで、アルファらしくあるために努力してきたとは言わない。

「大切なのは、バース性じゃない。個人の信念と努力、そして他人を理解して寄り添おうとする優しさだ」

レイには難しかっただろうかと、反応を窺う。

「しんねんと、努力？」

「そう。なりたい自分をしっかり持つことと、そうなるために頑張る力だ」

「じゃあ、そのあとのは？」

中途半端な興味で尋ねているわけでないことは、まっすぐな瞳といつになく真剣な表情から読み取れる。

「相手の気持ちになって考えてみること、かな」

「相手の、気持ち……」

レイがポツリと呟いて俯《うつむ》く。

「俺の言ったこと、わかったか？」

目を伏せたレイの睫毛《まつげ》がかすかに震えていた。

「ぼく、實森にひどいこと言ったかもしれない……」

そう言うと、レイは大きな瞳をわずかに潤ませて多賀谷を見上げた。

「うん」

多賀谷は目を細めると、レイの頰についた泡を指で拭ってやる。

「偉いな、レイ。自分で気がついたんだな」

そのまま濡れた髪を撫でてやると、レイが嬉しそうに瞳を輝かせた。

「最初は俺も、アイツのキラキラ趣味には驚いた。けど、實森は他人からどんな目で見られようと、自分の好きなものを貫く強さを持ってる」

レイがうんうんと頷く。

「俺はそういう實森のことを、人として尊敬しているんだ」

「アルファじゃなくなったのに？」

まだ、すっかり理解したわけではないのだろう。レイが繰り返し尋ねる。

「アルファか、そうじゃないかは関係ない。人として、好きか嫌いか。もっと単純な話なんだよ、レイ」

レイがふたたび考え込む。

「俺は實森に出会って、自分がいかにバース性に囚われて生きてきたか気づけた。アイツのおかげで、今、とても幸せなんだ」

實森の笑顔や手のぬくもり、ただまっすぐに自分だけを見つめる瞳を思い起こすと、それだけで胸がじんわりとあたたかくなって、口許が勝手にゆるんでしまう。

「なあ、レイ。お前はアルファを神様みたいに言うけれど、アルファだってただの人間なんだ。悩みだってあるし、つらいことだってある。それはベータでもオメガでも同じだ」

小さな子供を前に、シャワーキャップを被って偉そうに話をする自分に、なんだか妙に可笑しさが込み上げる。

「アイツのおかげで、俺は変われた。自分のことも……好きになれた」

實森に出会う前の自分だったら、そもそもレイを預かったりしなかった。知らぬ存ぜぬで、突き放していたに違いない。

「パパは、實森のこと……すごく好きなんだ」

「えっ……。あ、ああ。そうだな。尊敬してるし、仕事もできるし、料理も美味いし」

予想していなかったレイの言葉に、多賀谷はあたふたと答えた。

けれど、レイは不審に思う様子もなく、ぽつぽつと話し続ける。

「ぼくも、實森……嫌いじゃないよ。ときどき怒るし、変な趣味だけど……。ごはんもおやつも美味しいし、優しくて、絵本も読んでくれる。でも……」

途中で口ごもると、許しを請うかのように上目遣いで見つめてきた。

「怒ったりしないから、言ってみろ」

先を促すと、レイは小さく息を吐いた。

「實森がアルファだったらよかったのに……って思っちゃう」

きっと、まだレイの中では、バース性に対する観念が払拭できていないのだろう。

第二次性徴を迎えていないレイに聞かせるには、時期尚早だったたろうか。

多賀谷の言葉に思うことがあるのか、レイが少し沈んだ表情で独り言を呟く。

「それに、自分がオメガだったら……、やっぱり嫌だよ」

子供だからこその、悪意のない本心からなる台詞に、多賀谷は胸をナイフで突き刺されるような痛みを覚える。

しかしそれは、仕方がないことだとわかっていた。何故なら多賀谷自身、いまだ己のオメガ性に対して、負い目を感じる瞬間があるからだ。

「オメガは、幸せになれないって……ママ、いつも言ってたもん」

声を震わせるレイを、多賀谷は無意識に抱き寄せた。

「そんなことは、ない」

レイは予想もしていなかったのだろう。一瞬、身体を緊張させたが、すぐに多賀谷の胸に身体を預けてきた。

「でも、ママが……」

子供にとって、母親の言葉がどれだけ重いものか、多賀谷は身をもって知っている。

「オメガだって幸せになれるし、幸せになる権利は誰にだってある」

小さな手が、遠慮がちに多賀谷の腕を摑んだ。

「お前が何者でも、自分を信じる強い心を持てたなら、きっと……幸せになれるよ」

實森のように、優しく落ち着いた口調でレイに語りかける。

多賀谷の胸に顔を埋めていたレイが、おずおずと顔を上向ける。

紫色の虹彩に、赤や青が入り混じった双眸が、縋るように多賀谷を見上げた。

「ホント？」

「ああ。本当だ」

守ってやりたい——。

これまで感じたことのないあたたかい感情が湧き上がってくる。

「誰よりも幸せに生きているオメガを、俺は……知ってるからな」

多賀谷は小さな肩を優しく撫でてやりながら、目を細めてレイの瞳を見つめて言った。

「本当に、そんなオメガがいるの？」

——ここにいる。

とは、さすがに言えなかった。

けれど、最後までレイは真剣に話を聞いてくれた。

小さなことだけれど、レイに考えるきっかけを与えられたなら……。

ただの多賀谷虹、もしくはただの父親の言葉として、レイは受け取ってくれただろうか。

それとも、アルファのパパだから、聞いてくれただけだろうか。
前者であってほしい。
そう願い、レイを信じようと多賀谷は思った。

【七】

レイとの距離がぐっと近くなったと感じた夜から、二日経った早朝のことだった。

「抑制剤は？」

實森が多賀谷の額に手をあてて心配そうに尋ねる。

まだ日が昇る前なのだろう。實森はシャンパンゴールドのシルクのパジャマ姿だった。

「もう飲んだ」

口を利くのも億劫《おっくう》で、多賀谷はいつも以上にぶっきらぼうに答えた。

全身にのしかかる倦怠感と身体の火照りに、発情期に入ったことを自覚する。

平常時は抑制剤を飲んでいれば、オメガだとバレることはなかった。

しかし、発情期に入ると、どんなに強力な抑制剤を服用したところで、フェロモン過多の症状を抑えることはできない。

「いつにも増して、悩ましい匂いですね」

寝室を満たす甘く熟した桃の匂いに實森が反応しないのは、アルファ専用の抑制剤を服用しているからだ。

「あなたを抱いて差し上げられたら、こんなに苦しませることもないのですが……」

番となって以降、多賀谷に発情期が訪れるたび、實森はいっしょに寝室にこもって抱き締めてくれていた。互いに本能が求めるまま身体と心を繋いで、十日ほど続くヒート期間をすごすのだ。

しかし、今はレイがいる。

「なあ、アイツはどうしてる？」

レイが発情に気づかなければいいが……と願いながら、水差しからグラスに水を注ぐ實森に尋ねる。

「まだ眠っています」

實森は多賀谷にグラスを手渡すと、そっと隣へ腰を下ろした。

「レイくんがフェロモンを感知するはずはありませんが、念のため寝室には近づかないように言い聞かせます。風邪をひいたことにすれば、彼も不審には思わないでしょう」

「うん。そうだな」

頷く多賀谷の脳裏には、先日、レイの口から零れた台詞が浮かんでいた。

『自分がオメガだったら……、やっぱり嫌だよ』

かつて、オメガである自身を卑下してきた多賀谷だからこそ、レイの気持ちが痛いくらいわかる。

そのとき、實森が額にキスをくれた。

「あなたのつらさの半分でも、わたしが引き受けられたらいいのですが」

無意識のうちに暗い表情をしていたのだと気づく。

「馬鹿。そうなったら、誰が俺の世話をしてくれるんだよ」

多賀谷は笑みを浮かべると、冗談めかして言い返した。

「何か召し上がれそうですか？」

實森が今度は唇に触れるだけのキスをして、静かに立ち上がる。

「いや、今は何も……」

ゆっくり首を左右に振った、そのとき、多賀谷は寝室の扉がわずかに開いていることに気づいた。

「……レ、イ？」

かさつく唇が震える。

「え――」

多賀谷の声に、實森が反射的に振り返り、息を呑んだ。

白い扉の向こうで、大きな虹色の瞳を見開いたレイが立ち尽くしていた。

「……な、んで？」

血色の失われた唇が、疑問を呟く。

「おやつの……匂いがして、だから……ぼくっ」

パジャマの裾を握った右手が大きく震えていた。

「レイくん。先生の風邪がうつるといけません。さあ、あちらへ……」

實森がレイに歩み寄りながら優しく話しかける。

「パパ、嘘、吐いてたんだ？」

肩に触れようとした實森の手を払い除け、レイが声を荒らげる。

高熱と倦怠感に朦朧《もうろう》となりながら、多賀谷はただ、レイを見つめるばかりだった。

「なんで、オメガなんだよ……っ」

大粒の涙が浮かんだ瞳には、怒りと戸惑いと悲しみが滲んでいた。

「オ、オメガなんか、ぼくのパパじゃない……っ」

そう叫んで、レイが扉の前から姿を消す。

「レイくん、待ってください！」

實森が振り返り、多賀谷の意思を問うように見つめる。

「アイツのそばに、いてやってくれ」

そう告げると、實森は、レイを追って寝室を出ていった。

「ははっ」

引き攣《つ》った自嘲の笑みを浮かべ、多賀谷は枕に突っ伏した。

「こんな呆気なく、バレるなんて……」

傷ついたレイの表情が、脳裏から消えてくれない。

騙すつもりは微塵もなかったなんて、言い訳にもならないとわかっている。

世間は今も多賀谷をアルファだと信じている。レイの反応は当然といえた。嘘吐きと罵られても仕方がない。

「ごめんな……。がっかり、したよな」

どうして、こんなにも胸が痛いのだろう。

勝手に自分をパパと決めつけた、面倒臭い子供だったはずだ。

「傷つけて、ごめんな。レイ……」

胸を切り裂かれたような痛みと、発情の苦しさの中、多賀谷は声を殺して咽び泣いた。

◇　◇　◇

「レイくん。入りますよ」

ノックしてから、實森はゆっくりと客間の扉を開けた。手にはスワロフスキーやラインストーン等でデコレーションを施したソーイングボックスを提げている。

間接照明のオレンジ色の灯りの中、レイはベッドの上で上掛けを頭からすっぽり被って蹲《うずくま》っていた。まわりに置かれた様々なぬいぐるみたちが、まるでレイを見守っているかのようだ。

實森は静かにベッドへ近づくと、おもむろにソーイングボックスを開いた。そして、生成りの帆布で作られたリュックサックを取り出す。

「レイくん。少しだけ、わたしとお話をしてくださいますか？」

多賀谷のことをアルファとして、父親として崇拝していたレイが、ひどく傷ついていることは實森にも容易に想像がつく。今、何を言ったところで、自分の言葉がレイに届くかどうかもわからない。

それでも、放っておくことなどできなかった。

レイは黙ったまま、身じろぎもしない。

ふと、ぬいぐるみに交じって蹲ったマシュカに気づく。

「レイくんのそばにいてくれたのですね、マシュカ」

實森が背中を撫でてやると、マシュカは目を細めて喉を鳴らした。

レイのかたわらに腰を下ろし、實森はもう一度声をかける。

「わたしの話を、聞いてくださるだけでも構いません」

嵐のような混乱の中にいるであろうレイに、少しでも事情を説明しておきたいと思うのは、大人の身勝手だろうか……。

そう思いつつ實森は口を開いた。手にしたリュックサックへビーズを縫いつける手が淀《よど》みなく動くのを見て、自分が冷静であることを確認する。

「多賀谷先生は……アルファではありません」

胸の奥に軋むような痛みを覚えつつ、できるだけ落ち着いた声で告げる。

「オメガです」

きっぱりと断言して、實森はレイの反応を待った。

けれど、レイは相変わらず黙ったままで、ときどきしゃくり上げるような声がかすかに漏れ聞こえてくるばかりだ。

「先生は事情があって、アルファとして生きるしかなかったのです。けっして、オメガであることを嫌ったり、人々を騙そうとしていたわけではありません」

表情は見えなくとも、レイはちゃんと耳を傾けてくれている――。

實森はそう信じて、話を続けた。

「先生のことをアルファだと信じて疑わないレイくんを傷つけまいと思い、黙っていたのですが……」

ホテルで出会ったとき、眩しい笑顔とともに多賀谷に駆け寄ってきたレイの姿が思い出される。

「結果として、レイくんを騙していたことは、心から申し訳なく思っています」

實森はレイに向かって深々と頭を下げた。

そのとき、洟《はな》を啜る音が聞こえて、小さな身体が小刻みに震え始めた。

多賀谷のマンションにきてから、レイが泣き顔を見せたのは初日の一度だけだ。たしかに、感情の昂《たか》ぶりとともに目に涙を浮かべることはあった。

それでも、嗚咽《おえつ》を噛み殺し、肩を震わせて啜り泣いた姿を見たことはない。

レイにとってそれだけ、多賀谷がオメガだという真実は、受け入れがたいものなのだ。

優秀なアルファ作家。

美しくかっこいいアルファの王様。

信じてきた母親の言葉が、すべて嘘だったとわかった今、レイにどんな慰めの言葉をかければいいのか實森にはわからなかった。

ただ――。

「どうか、先生を責めないでください」

たとえレイが本当に多賀谷の子供だったとしても、おそらく同じ対応だっただろう。多賀谷の生い立ち、そしてティエラプロや二谷書房の意向を考えれば当然だ。

「先生だって、自分を偽りたいわけではないのです」

本当の自分、ありのままの自分でいたいと、多賀谷は誰よりも強く願っていた。

「……じゃない」

不意に、上掛けの中からくぐもった声が聞こえた。

「レイくん？」

實森が呼びかけると、いきなり上掛けを跳ねのけてレイが顔を見せた。

「弱いオメガなんか、ぼくのパパじゃない！」

上擦った声でレイが叫ぶ。泣き腫らした目から、新しい涙の粒がぽろぽろと零れて止まらない。

「オメガがぼくの……パパのはずなんてないんだ！」

もう一度吐き捨てて、レイは近くにあったイヌのぬいぐるみを力任せに投げ捨てた。

實森もさすがに、かける言葉を見つけられずに沈黙してしまう。

すると、マシュカがゆっくりと起き上がって大きく伸びをしたかと思うと、ぬいぐるみや上掛けを避けるようにしてレイに近づいていった。そうして、レイの目の前に座ると、長い鍵しっぽをゆうらりと揺らして何度も鳴いて呼びかける。

「にゃあーん。なうーん」

慰めるかのように鳴くと、マシュカはそっと前脚でレイの膝に触れた。

「……っ」

レイは無言でマシュカを抱き上げると、やがて堰《せき》を切ったように声をあげて泣きじゃくったのだった。

そうやって、どれくらいの時間が経っただろう。

實森はレイに寄り添いながら、無言でリュックサックにビーズを縫いつけ、本やお日様、虹といった、可愛らしい模様を描いていった。

やがて、ひとしきり泣いてようやくレイが落ち着きを取り戻すと、實森は甘いホットミルクを入れてやった。

「あたたかいミルクです」

ベッドの上でマシュカを抱き締めたまま、レイは差し出されたマグカップを無言で受け取った。そうして、ふうふうと息を吹きかけてそっと口をつける。

――よかった。

無視されるか、最悪、マグカップを叩き落とされるかもしれないといった不安が杞憂に終わり、實森はホッと胸を撫で下ろした。

レイはマグカップを両手で持つと、コクコクとゆっくりミルクを飲んだ。膝ではマシュカがおとなしく丸くなっている。

「レイくん」

レイがマグカップを口から離して小さく息を吐いたところで、實森は呼びかけた。

レイが一瞬、實森を横目でチラッと見る。返事もなければ、頷きもしない。

「どうして、先生がオメガだとわかったのですか?」

五歳のレイがオメガフェロモンに気づく可能性はない。それなのに、レイはベッドに臥《ふ》せった多賀谷を見て、一瞬でオメガだと気づいたように思う。

長い沈黙に、實森はひたすら耐える。

マシュカが大きな欠伸をして、レイを心配するように見つめた。

レイは左手でマシュカの頭をそっと撫でると、おずおずと口を開いた。

「ママが、オメガだから……」

ポツリと呟いて、マグカップを口に運ぶ。

母親がオメガなら、発情期にどういった状態に陥るか、間近で見て知っていてもおかしくはない。

「どうして、オメガなんだよ……」

レイの幼い心は、厳しい現実をそう簡単に受け入れられないのだろう。

「パパはアルファだって……ママ、ずっと言ってたんだ」

ふたたびレイの双眸から涙が溢れ出す。

「パパにそっくりだから、ぼくも絶対にアルファだって……っ」

レイの手からマグカップが落ちそうになるのを、實森は咄嗟に歩み寄って受け止めた。

「アル……ファだったらいいなって……絶対に、パパと同じアルファだって——」

背中を丸めて泣きじゃくるレイの背中を、實森はそうっと撫でてやった。

マシュカはおとなしく、レイに抱かれている。

「レイくん。きみは……」

言いかけて、實森は喉まで出かかった言葉を呑み込んだ。

両親ともにオメガの場合、ベータの子供が生まれる確率がもっとも高く、次いでオメガの子供が多く生まれるとされていた。ちなみに、オメガの両親からアルファの子供が生まれる確率は、一パーセントにも満たない。

多賀谷が父親なら、レイにとって両親ともにオメガということになる。それは、レイがアルファである可能性がほぼなくなったことを意味する。

レイは、自分がオメガかもしれないと察したに違いない。

おそらく、レイは今、多賀谷がオメガだと知ったショックよりも、自分がオメガかもしれないという不安や恐怖に苛まれているのだ。

いったいレイの母親は、どんな呪いの言葉で息子を縛りつけたのだろう。

嗚咽して震える小さなレイの姿が、實森の目には幼い多賀谷の姿と重なっていた。


「實森、何か……少し食べたい」

重苦しい空気の中、レイに昼食をとらせていると、真っ青な顔をした多賀谷が姿を見せた。髪はあちこち跳ね、自分で着替えたらしいパジャマのボタンは例によってかけ違えている。

朝、オメガであることがバレてから、多賀谷とレイは顔を合わせていなかった。多賀谷はレイが気になって、無理を押して様子を見にきたに違いない。

「先生。起き上がって大丈夫なのですか?」

實森は慌てて駆け寄ると、多賀谷の手を取っていつもの椅子に腰かけさせた。

「喉も渇いたし……」

そう言って、多賀谷がチラッとレイの表情を窺う。

すると、レイが手にしていたフォークを置いて席を立った。スパゲッティカルボナーラは半分以上残っているし、ほうれん草のポタージュはほとんど口がつけられていない。

レイは黙ってダイニングルームを出ていってしまう。

「オメガの俺なんかと、いっしょにいたくないんだろ」

多賀谷が自嘲的に吐き捨てる。

「昨日まで、先生にべったりだったのに……」

この日、レイは實森とも最低限の言葉しか交わしていなかった。レイの心情を思うと当然の態度だと、實森も必要以上に声をかけていない。

「アイツにしてみれば、騙されたも同然だからな」

ひどくやつれた多賀谷の横顔を見つめ、實森は同意して頷く。

「このままアイツを預かっていても、つらいばっかりだと思わないか？」

實森がグラスに水を注いでいると、多賀谷がレイが座っていた椅子を見つめて言った。

「たしかにそうかもしれませんが、先生がオメガだと知った彼を安易に他所へ預けるのはどうかと思います」

ショックのあまり、レイが誰かに真実を明かしてしまう可能性は否めない。

「とにかく、レイくんの母親を一日も早く見つけ出すほかないでしょう」

母親の捜索状況が芳しくないことは、多賀谷も承知している。

「俺といっしょにいるより、実の母親のほうが何万倍もいい……」

憔悴《しょうすい》しきった顔に薄く笑みをたたえてそう言うと、多賀谷はゆっくりと水を嚥下した。

「ではせめて、レイくんのお母様が見つかるまでは、誠心誠意、お世話をしてあげようと思います」

少しでもレイの心の傷を癒やしてやりたい。

自責の念に打ち拉がれる多賀谷の笑顔を取り戻してやりたい。

實森は、また二人が笑って同じテーブルで食事する日がくることを願っていた。

しかし、その日からレイは徹底して多賀谷を避け、悪態を吐くようになった。

多賀谷は発情期でほとんど寝室にいるため、顔を合わせる機会は少ない。

しかし、多賀谷が姿を見せようものなら、キッと眦《まなじり》を吊《つ》り上げて睨み、舌打ちして客間に逃げ込む。数日前までのレイと、同一人物とは思えない変わりようだった。

「本当は、實森が書いてたんだろ。オメガの書いた本があんなに売れるはずないもん」

二日後の夕食の席で、レイがいきなり多賀谷の悪口を口にした。

「どういう意味ですか？」

レイの受けた心の傷を思えば多少の愚痴は仕方がないと、實森も目を瞑《つぶ》っていた。

しかし、あてつけがましく多賀谷を侮蔑していいはずはない。

「實森が書いたんだろ？　もともとアルファだから簡単だよね」

そう言って、レイはミネストローネを上手にスプーンで掬って口に運ぶ。

「レイくん。今の言葉はさすがに聞き捨てなりません」

實森はレイに近づくと、まっすぐに見下ろして言った。

「先生は、きみのお父様ではなかったのですか？」

レイがハッとして、バツが悪そうにふいっと顔を背ける。

「オメガなんか、ぼくのパパじゃない」

「お母様は、先生が父親だと言っていたのでしょう？」

「マ、ママも、騙されてたんだ……」

レイが言葉を濁す。さっきまでの威勢はすっかり消えていた。

實森はその場にゆっくりしゃがむと、俯くレイの顔を覗き込んだ。

「あなたは、先生がアルファだから、父親だと信じたのですか？」

幼い子供を問い詰めることに躊躇いを覚えつつも、レイと多賀谷のためと心を鬼にする。

「だ……だって、ママがパパは立派なアルファだって……」

レイが顔を紅潮させて、懸命に言い返す。

「立派な人がみんなアルファだと思っているのですか？」

「そ、それは、わからないけどっ」

立派な人という概念が、レイの中ではまだ確立されていないらしかった。

「では、質問を変えましょう」

實森はふわりと微笑むと、緊張に硬く竦んだレイの肩をぽんぽんと叩いた。

「すみません。つい、きつい言い方になってしまいました。けっして怒っているわけではないのです」

優しく語りかけ、レイの肩から力が抜けたところで、微笑みをもって質問を投げかける。

「ねえ、レイくん。多賀谷虹は、立派な作家だと思いませんか？」

「……」

レイは膝の上で小さな拳を握って、困惑の表情を浮かべた。

「レイくんには、宝物の絵本がありましたよね？」

母親からもらったというボロボロの絵本を、レイはとても大切にしていた。毎日一度は開いていた絵本は、客間で革の鞄にしまわれたままになっている。多賀谷がオメガだと知った日から、實森はレイが本を開く姿を見ていなかった。

「あの絵本は、先生が心血を注いで書いたものです。わたしなどがあれほどまでに素敵な物語を生み出せるはずがありません」

潤んだアースカラーの瞳を見つめると、レイが何か言いたげに唇を震わせた。

「わたしもあの絵本が大好きだと、はじめて会った日に言ったのを、覚えていますか？」

多賀谷虹初の絵本作品は、ドラゴンと動物たちの物語だ。あるとき、森の住人である動物たちが、謎の卵を見つけるところから物語は始まる。住人たちの誰も見たことのない卵。ある者は食べてしまおうと言い、ある者はもう死んでいると言ったが、最終的に全員で孵《かえ》るまで世話をすることになる。雨の日も風の日も、動物たちは順番に卵をあたためた。そうして卵から孵ったのは、大昔から動物たちを虐めてきたドラゴンの赤ん坊だった。動物たちは慌てふためき、またしても「殺してしまえ」「川に流せ」と言い争う。しかし、まだ皮膚もやわらかくて牙も爪も小さく、翼も弱くて飛べないドラゴンの赤ん坊を、動物たちは見捨てられなかった。ドラゴンは動物たちに育てられ、森の住人の一員となる。幸せで楽しい日々が続くと思われたある日、森の外から巨大なドラゴンが現れ、住人たちを襲った。まだ子供だったドラゴンは親代わりの動物たちを守るため、傷つきながらも懸命に戦う。そのとき、新たなドラゴンが現れるのだ。はたしてそのドラゴンは、かつて卵を盗まれた母ドラゴンだった。二頭のドラゴンは力を合わせて戦い、森を襲ったドラゴンを追い返すことに成功する。母ドラゴンは森の動物たちが自分の子を育ててくれたことに感謝し、代々にわたって森を守ることを約束する。その後、ドラゴンと森の動物たちは、いつまでも幸せに森で暮らしたのだった。

長い、とても長い沈黙が二人を包む。

レイはいつの間にか目を閉じていた。

きっと、絵本の世界を思い出しているのだろう。

實森はそう考えて、レイが多賀谷に似たその美しい瞳を開くまで待つことにする。

そうして――。

「……き、だよ」

上擦った涙声が聞こえたと同時に、雨に濡れた紫陽花のような瞳が見開かれる。

「大好きに決まってる。優しくて、ココがきゅうっとなって、なんでか涙が出てきた」

レイは胸に手をあてると、スンと洟を啜った。

「本当に、すごいなぁって思ったんだ。こんな素敵な絵本を書いた人がパパだって聞いて、ぼく……嬉しくて……っ」

言葉が嗚咽に呑み込まれて、レイは最後まで話すことができなかった。

それでも、レイの想いは實森にちゃんと届いている。

「あの絵本を好きだという気持ちに、アルファやオメガは関係あると思いますか？」

實森は目頭が熱くなるのを感じながら、レイの肩を摩り続けた。

「っう、ぅん。わ、かんないっ……。でも――」

レイが首を左右に振ると、涙の雫が頰を伝って落ちた。

「ぼく、ほんとに……絵本も、パパも……好き、なんだっ」

五歳のレイが打ち明けた嘘偽りのない正直な言葉が、實森の胸を打つ。

好きだからこそ、悲しかったのだろう。

信じていたからこそ、信じられなくなったのだ。

「レイくん。わたしはね、あの絵本に出てくる森の動物たちやドラゴンみたいに、この世界中の人々が仲よく幸せに暮らせたらいいな……と思うんです」

おそらく、森の住人である動物たちはオメガやベータ、そしてドラゴンはアルファを象徴しているのだろう。はじめてこの作品を読んだとき、實森はそう直感した。

多賀谷に確かめたことはない。

けれど多賀谷はきっと、アルファもオメガもベータもない、誰もが手を取り合い、幸せに暮らせる世界を願って、この絵本を綴ったに違いなかった。

「みんな、仲よく？」

「ええ、そうです」

レイは實森の話に興味を抱いたらしい。いつの間にか泣きやんで、真正面からこちらを見つめていた。

「たとえば絵本のドラゴンが森の動物たちを守ったように、オメガを守るためにアルファがいるんだと思うと、いつかそんな世の中になりそうな気がしませんか？」

今の世の中、實森の言葉を真に受ける人はごくわずかしかいないだろう。もしくは、理想だと鼻で嗤《わら》われて終わるかもしれない。

けれど、レイは違った。

「アルファがオメガを守る……？」

絵本の世界を思い浮かべているのか、想いに耽《ふけ》るように目を伏せる。

「困っている人や弱い立場の人を、分け隔てなく守ってあげたり助けてあげられるアルファがいたら、きっとオメガも幸せになれると思うんです」

レイの瞳が、今まで以上に眩しく輝いて見えるのは、身勝手な願望のせいだろうか。

「アルファじゃなくても……オメガでも、幸せになれる？」

實森はにっこり微笑んで、大袈裟なくらいしっかり頷いてみせた。

「はい。幸福になるためだけでなく、何かを成し遂げるために必要なのは、努力と向上心です。アルファもオメガも関係ありません」

すると、レイが突然、噴き出した。

「ふはっ！　實森、パパと同じこと言ってる！」

屈託のない笑顔に、實森は確信する。

多賀谷の想いや願いは、いつかちゃんとレイに届くだろう——と。

◇　◇　◇

「……そうだったか」

實森からレイの母親がオメガだったと聞かされて、多賀谷はレイの引き攣った表情を思い起こした。

「オメガは幸せになれない……と言っていました。両親がオメガだった場合、その子供がアルファである可能性は限りなく低いですからね」

アルファに強い憧れを抱くレイにとって、多賀谷がオメガだったことはかなりのショックだったのだろう。

「できるだけレイのそばにいてやってくれないか？　俺じゃ駄目だと思うから」

レイを不安にさせたのは自分なのに、何もしてやれない遣る瀬なさに歯噛みしたくなる。

「わかりました」

實森が胸に手をあてて頭を下げる。

「ですが、先生のお世話もしっかりさせていただきますからご安心ください」

姿勢を正してそう言うと、實森がふわりと微笑んだ。

「ところで、それ……いったい何を作ってるんだ？」

話をしている最中、實森はずっとビーズを布に縫いつける作業を続けていた。

「ああ、これですか」

實森が両手で布を掲げたところで、帆布で作られたリュックサックだと気づく。

「レイくん、あの立派な本革の鞄よりママが作ったリュックサックがいいと話していたのを思い出して、せめて似たようなものを……と」

ポケットや側面にビーズで可愛らしい図柄を描いたリュックサックは、實森の趣味が丸出しとなっていた。

「あんまり派手にするなと、レイくんから何度もダメ出しを喰《く》らっているのですが、可愛い子には可愛いリュックを持たせたいでしょう？」

話を聞いて、多賀谷の脳裏に顔を真っ赤にして嫌がるレイの姿が浮かぶ。

「まあ……ほどほどにしておいてやれよ」

薄く微笑むと、實森が針を持つ手を止めた。

「その、レイくんですが」

レイのことでまだ何かあるのだろうかと、多賀谷はつい身構えてしまう。

「けっして先生のことを、嫌いになったりしていませんよ」

「……え？」

どういうことだろうと首を傾げると、實森が右手で多賀谷の髪に触れた。

「多賀谷虹という作家への憧れは、彼の中にしっかりとあります」

穏やかな声と、優しい指先の感触に、多賀谷はそっと瞼を閉じた。ともすると、涙が滲んでしまいそうだ。

「とはいえ、彼がひどく傷ついていることはたしかです。焦らず見守ってあげましょう」

「う……ん」

多賀谷がオメガだとわかったのは、十歳。

レイはまだ五歳だ。

レイが受けた傷は、多賀谷のそれよりも大きくて、痛いに違いない。

稚く繊細な心が、これ以上、悲しく傷つきませんように――。

多賀谷は胸の中でそっと、祈りの言葉を呟いた。

【八】

多賀谷がオメガだとレイにバレた数日後。

「熱、下がりませんね。やはり解熱剤を飲んだほうがいいのではありませんか？」

粥《かゆ》を寝室に運んできた實森が、体温計を手に小さく溜息を吐いた。

「お前こそ、大丈夫か？」

発情期はフェロモン異常状態に陥って体調が悪くなるのだが、今回はいつも以上に症状が重い。多賀谷は實森への影響が心配でならなかった。

「大丈夫です。しっかり抑制剤を服用していますから」

言葉どおり、實森はふだんと変わりない態度で多賀谷に接してくれていた。

「……レイは？」

實森とレイがどんな話をしたのか、詳しい内容を多賀谷は聞いていない。

『けっして先生のことを、嫌いになったりしていませんよ』

實森はそう教えてくれたが、言葉とは裏腹に、レイとの距離はいっこうに縮まる気配がなかった。

たまにレイと顔を合わすことがあっても、ぷいっとそっぽを向いて多賀谷の前から逃げ出してしまう。あからさまな嫌悪感を見せつけたり、悪口を言われることはないが、相変わらず多賀谷を避けている。

「元気ですよ。ただ、先生とどう接していいのか、わからないといった様子です」

實森はそれほどレイのことを心配してないようだった。

「アイツ、笑ってるか？」

紫色がかった青い瞳をキラキラと輝かせて、表情をくるくると変えていたレイの笑顔を、多賀谷はあの日から一度として見ていない。

「おや。赤の他人の子供を心配されるなんて珍しいですね」

ふさぎ込んだ多賀谷を揶揄うように言って、實森がベッドの端に腰を下ろした。

「ふざけるな。俺は真剣に……」

「わかっていますよ。先生は不器用ですが、誰よりも優しい人ですから」

實森は目を細めると、背中を丸めて額にキスをくれた。ひんやりとした唇が発熱した額になんともいえず心地いい。

「少しずつ落ち着いてきたようです。マシュカと遊んでいるときは、ときどき楽しそうな声を聞くこともあります」

「そっか。よかった……」

多賀谷はほっとして胸を撫で下ろした。

「ただ、母親の手がかりが得られていません。ティエラプロからは、レイくんの遺伝子検査を進めたほうがいいのでは……と言われました」

ティエラプロや二谷書房には、レイに多賀谷がオメガだとバレたことは報告していない。たとえ相手が幼い子供でも、事務所側が口封じのために何かしらの手を打つことがわかっていたからだ。

「事務所にしてみれば、痺れを切らして当然だろうな」

レイが多賀谷と無関係であることが証明されれば、事務所や出版社にとって問題は解決したも同然だろう。レイを多賀谷たちと同居させる理由もなくなり、然るべき施設に預けてしまえばいいのだから。

「もうしばらく待ってもらうよう返事はしましたが、このまま母親や親族が見つからなかった場合は、遺伝子検査をすることになるでしょうね」

實森が少し残念そうな顔をした。

「今後、どんな流れになったとしても、レイくんがここにいる間は、誠心誠意、彼のお世話を務めさせていただきます」

まるで多賀谷を安心させるかのように、實森が満面に笑みを浮かべる。

「うん、頼む」

多賀谷は横たわったまま、コクンと頷いた。

實森が、今度は唇に触れるだけのキスをしてからゆっくり立ち上がる。

「では、失礼します」

深くお辞儀をして寝室から出ていこうとした實森だったが、扉を開けた瞬間、ぴたりと動きを止めた。

「レイくん」

多賀谷からその姿は見えなかったが、實森の声からレイが寝室の外にいたことを察した。

多賀谷の胸がドキッとする。

「マシュカを抱いて……何かあったのですか？」

多賀谷は起き上がって様子を確かめてみたかったが、全身が鉛のように重くてままならなかった。

レイの答えは聞こえてこない。

すると、實森が廊下に出てレイを促した。

「レイくん。お話はゆっくりリビングで……」

「マシュカが……っ」

實森を遮り、レイが上擦った声をあげた。

「マシュカ、さっきからずっと……ここに座ってて……」

「マシュカが？」

實森が問い返す。

どうやらマシュカはレイが抱いて連れてきたのではなく、寝室の前でずっと蹲っていたらしい。

「……多分、会いたいんだと、思う」

くぐもったレイの声を聞いていると、多賀谷は胸が締めつけられるようだった。発情による熱や倦怠感より、遣る瀬なさに息が詰まる。

「そうですね。マシュカはここ数日、先生とちゃんと会っていませんでしたから」

預かった当初は實森にばかり懐いていたマシュカだったが、今では多賀谷といっしょにいることが多くなっていた。實森が言うには自分は給仕役、多賀谷は仲間と認識しているということらしい。

「いつもは、先生といっしょに眠ったりしていますからね……」

発情期間中、生活空間がほぼ寝室となるため、マシュカには出入りを好きにさせていたのだ。

「入れてあげたいのですが、先生は熱が高くて……」

「にゃ～ん」

マシュカが甘えた声で鳴く。

「いい。實森……俺は、大丈夫だから」

半分、扉の向こうに隠れた實森の背中に呼びかける。

「わかりました。ですが、少しだけですよ？」

實森が振り返り、渋々といった顔で頷いた。

そうして扉がゆっくりと開いて、マシュカを抱いたレイを寝室に促す。

「にゃぁ〜」

「あっ！　マシュカッ」

多賀谷を認めた瞬間、マシュカがレイの腕からスルッと抜け出し、一目散にベッドへ駆け上がってきた。

「なぁーん。なぁ……ぅん」

マシュカは枕許に近づくと、多賀谷の頰に頭を擦りつけたり、肩口に顔を突っ込んだりした。喉をグルグルと鳴らして、しきりに甘えてくる。

「ごめんな、マシュカ」

いつもなら胸の上に上がってくるのに、顔のまわりをうろうろするばかりだ。きっと、多賀谷の具合が悪いことがわかるのだろう。

やがてマシュカが枕許で丸くなると、多賀谷はおもむろにレイに呼びかけた。

「レイ」

謝罪や、慰めの言葉が頭をよぎるが、今、それをレイに告げるときではない気がする。

ほんの数秒考えたあと、ふと頭に浮かんだことを口にした。

「悪いが……マシュカの世話、してやってくれないか」

まさか頼まれ事をされると思っていなかったのだろう。レイは驚きに目を瞬かせた。

「俺がこんな調子だから、實森にいつも以上の負担がかかってる。……だから、少しでいいんだ。マシュカの世話……手伝ってくれないか」

すると、實森がレイの肩を抱くようにして頷いた。

「それは妙案ですね。わたしもレイくんが手伝ってくれると、随分と助かります」

「て、手伝うって……」

「大丈夫。俺にだってできるんだ。お前ならきっと上手にできるよ」

多賀谷は自然と頬がゆるむのを感じた。それと同時に、こんな穏やかな口調で話せる自分に驚く。

「レイくん、どうでしょう。引き受けてくださいませんか?」

實森はレイの横にしゃがむと、目線を合わせて微笑みかけた。

「先生の体調が落ち着くまでで結構です。どうか、お願いします」

深々と頭を下げられて、最初は困惑していたレイだったが、やがて腕組みをして胸を反り返らせた。

「し、仕方ないな。マシュカが可哀想だから、ぼくが世話してやってもいいよ」

ツンと澄ました顔を見て、多賀谷はなんだかとても嬉しくなった。

「マシュカ。レイが……いっしょにいてくれるってさ」

怠い腕を伸ばしてマシュカの背を撫でると、「なぁうん」と返事する。

「實森、頼む」

「はい」

實森が近づいて、マシュカを抱き上げる。

「では、心配しないで、ゆっくり休んでくださいね」

實森はマシュカを抱いたまま、レイを促して寝室を出ていった。

扉が閉じる直前、レイが何か言いたげな顔で振り返ったが、結局、言葉はなかった。

「思ったより……元気そうで、よかった」

ひどく憔悴しきって、やつれ果てていたらどうしようと思っていただけに、レイの元気そうな姿を見られてホッとする。

安心して気が抜けたのか、倦怠感がいっそう強くなって多賀谷を襲った。

「はぁ……」

息苦しさから、何度も溜息が零れる。

しかし、心はここ数日で一番晴れやかだった。

その後、實森が寝室に顔を出すたび、レイとマシュカの様子を細かく話してくれた。

レイは予想以上にマシュカの世話を一生懸命にこなしているらしい。

「甲斐甲斐しいものですよ。一度教えたことはしっかり覚えてくれますし、意外と几帳《きちょう》面《めん》なところもあって、レイくん、とても頼りになります」

「几帳面……」

自分には縁のない言葉に、多賀谷は驚きを隠せない。

「あの我儘なレイが？」

「我儘ぶりは、健在ですよ。マシュカにもしっかり上から目線ですし」

言いながらも、實森はとても楽しそうだ。

「それに、マシュカの世話だけでなく、わたしのお手伝いもしてくれるようになったんです。食器を片づけたり、観葉植物に水をあげたり」

マンションで暮らし始めた当初は、それこそ王子様みたいに振る舞っていたレイが、ここまで変貌を遂げるとは多賀谷も想像していなかった。

「お箸も上手になってきましたよ。もちろん、テーブルマナーも。子供の吸収力は桁違いですね」

「ふぅん。まあ、乾いた地面に水を撒けば、いくらでも吸うだろうしな」

實森がレイを手放しで褒めるのが、癪に障るけれどなんとなく嬉しい。

「このお水も、レイくんがグラスとトレイを用意してくれたんですよ」

「……え？」

「お部屋まで運びますか……と尋ねたら、あっさり断られてしまいましたけど」

わざとらしく肩を落とし、實森が苦笑を浮かべた。

多賀谷には、レイの気持ちがなんとなくわかる。あれだけ強く否定して避けた多賀谷に、どんな顔で接すればいいかわからないのだ。

いつか、また以前のように同じ空間で、穏やかな時間をすごせるようになるといい。

母親のことや、多賀谷との父子関係が気がかりではあったが、少しずつレイに情を抱いている自覚がある。結果がどうであろうと、いっしょにすごす時間が幸せであってほしい。

——随分、悠長になったもんだ。

発情の熱に浮かされているのかもしれない。

それでも、自分の不思議な変化を、多賀谷は嬉しく受け止めていた。

その日の夕方、トイレに向かおうと寝室を出た多賀谷の耳に、レイと實森の声が聞こえてきた。声がしたほうを見ると、リビングルームの扉が開いている。

「レイくん、量を測り間違わないようにお願いしますよ」

「わかってるってば！　實森ってホントにうるさい」

ちょうど、餌の時間だったらしい。多賀谷は廊下の壁にもたれると、二人の話し声を聞きながらリビングルームの様子を思い浮かべた。

「マシュカ。ごはん食べる場所は決まってるだろ。待ってってば！」

急かすように鳴くマシュカの声に、多賀谷は自然と笑みを浮かべていた。

「ほら、中に入ってって。あ、お水も替えないと」

マシュカは注ぎたての水を好むという我儘なネコだ。自動給水機や長く器に残った水は飲んでくれない。そのため、都度、器の水を取り替えてやらなければならなかった。

「實森、マシュカの水ちょうだい！」

パタパタとレイがフローリングの床を走る音がする。

「本当によく気が利きますね。レイくんにマシュカのお世話をお願いして、本当によかったです」

「ふん！　そんなこと言って、もっとぼくにお手伝いさせようとしてるんだろ！」

實森が褒めたというのに、レイはまったく素直じゃない。

「ふふっ。實森の言ったとおりだ」

成長すれども、我儘はいまだ健在の様子だ。

多賀谷はリビングルームから漏れ聞こえてくる声に背を向けると、気怠い身体を引き摺るようにしてトイレに向かったのだった。

執拗に呼び出し音を響かせるスマートフォンを手に取ると、多賀谷は霞む目で液晶画面を凝視した。

「……さ、ねもり？」

この日は、発情期のちょうど中日で一番つらい時期だった。朝から抑制剤と解熱剤を服用したのに、いっこうに体調はよくならない。

「なん、で……電話？」

状況が呑み込めないまま、画面をタップする。

『先生、お休みのところ申し訳ありません』

いつになく早口な實森の声に、多賀谷はぼんやり何かあったのだと察した。

「どぅ……した？」

『実は今、外出しているのですが、渋滞に巻き込まれてしまいまして……』

言われて、實森がマンションにいないことを知る。

『大きな事故があったらしく、規制が敷かれてまったく動けない状況にあります。お昼前には戻る予定で、レイくんにもそのように話してお留守番をお願いしたのですが……』

食欲が落ちてしまった多賀谷のために、お気に入りのパティスリーまで買い物に出たという。

寝室の壁にかけられた時計を見やると、十二時をすぎていた。

『あの、レイくんに替わっていただきたいのですが、先生……動けますか？』

實森がすまなさそうに言うのに、多賀谷は掠れた声で「ああ」と答える。熱もあって体調は最悪だが、まったく動けないわけではない。トイレにだって自分で歩いていけるのだ。

「ちょっと、待ってろ……」

そう言うと、多賀谷はノロノロとした動きでベッドから下りた。そして、實森と繋がったままのスマートフォンを片手に、裸足のままゆっくりと寝室を出る。

発情期でなかったら、大声でレイを呼ぶことだってできた。けれど、ふつうに話すのも億劫なくらい、喉が強張って掠れた声しか出ない。いや、そもそも発情期でなければ、こんな状況になっていなかった。

壁伝いにダイニングルームにたどり着いたところで、多賀谷はゆっくりと扉を開いた。そして、リビングルームでカウチに腰かけ、絵本を読んでいたレイに声をかける。

「レ……イ」

ドアの縦枠にもたれかかった多賀谷を認めた瞬間、レイがぎょっとして顔を上げた。返事はなく、虹色の瞳を真ん丸にして多賀谷を見つめている。すぐそばに、マシュカが蹲っていた。

「實森が……電話、替われって……」

ほんの数メートル歩いただけなのに、息が激しく乱れていた。

「……ぼくに？」

レイが訝るような目で見つめるのに、多賀谷は無言で頷いた。

「急用……だ」

多賀谷はよろよろとダイニングテーブルに近づくと、頽《くずお》れるように椅子に座った。手の中のスマートフォンから、實森が心配そうに呼びかける声が絶え間なく聞こえる。

背もたれにもたれかかって深呼吸する多賀谷の姿に、レイも異変を感じたのだろう。小走りに近づいてくると「貸して」と言って、スマートフォンを手に取った。

「……もしもし？」

レイの呼びかけに、實森が早口で何か告げるのが聞こえたが内容まではわからない。

「うん。……うん」

何度も頷くレイの表情が、だんだんと真剣みを帯びていく。

「わかった。……多分、大丈夫」

なんとはなしに聞いていると、かすかに實森の声が漏れ聞こえてきた。ふと気づくと、いつの間にかマシュカが多賀谷の足許に座っていた。

『……が、た……です……み……たよ』

「うん」

實森の声に、レイがしっかりと頷く。

「なんかあったら、電話する」

その後も何度か頷いて通話を終えると、レイはおずおずとスマートフォンを返してきた。

「……實森、なんだった？」

言葉を発するたび、喉から蒸気のように熱い呼気が溢れ出るようだった。

「できるだけ急いで帰るから、心配するなって」

チラッと多賀谷を見て言ったかと思うと、すぐ目をそらす。やはりまだ、わだかまりが残っているのだろう。

「あと、ちゃんとベッドで寝ろって言ってた」

「うん」

實森はレイに心配を与えないよう、わざわざ直接話をしたのだろう。通話の内容も、ありふれた事務連絡程度のものに違いない。

「ちゃんと寝ててくれないと、ぼくが……怒られる」

背中を向けたまま、レイがぶっきらぼうに言う。

「わかってる。……けど、水を一杯、飲むぐらい……いいだろ？」

身体が熱くて仕方がないし、何より、異様なほど喉が渇いていた。多賀谷は立ち上がろうとして、椅子の背もたれとテーブルに手をついて身体を支えた。

「す、座ってて……っ」

すると突然、レイが多賀谷を止めた。

急に発せられた大声に驚いたのか、マシュカが小走りにリビングルームへ逃げていく。

「お水ぐらい、ぼくが……」

レイはそう言うと、キッチンに向かった。

――實森に、俺のこと……頼まれたんだな。

多賀谷はふたたび椅子に腰かけながら思った。

レイはリビングルームのキャットタワー横に置いてあった踏み台を両手で抱えると、キッチンカウンターへ運んできた。まだ小さなレイの背丈では、キッチンカウンターのグラススタンドに手が届かないからだ。

多賀谷はぐったりと背もたれに体重を預けながら、レイの一生懸命な姿を眺めていた。

レイはグラスを手にすると、冷蔵庫の製氷機から氷を入れた。そして、グラスをカウンターに置いて、踏み台をシンクのほうへ移動させる。

實森が「甲斐甲斐しい」と言ったとおり、レイは嘘を吐いていた多賀谷のために動いてくれている。それだけで、どうしようもなく胸が熱くなった。

レイはふたたびグラスを手に取ると、浄水器専用のハンドルに向かって腕を伸ばした。しかし、もう数センチほど届かない。ふつうの水道水のハンドルより、浄水器のハンドルは奥にあるのだ。

「ああっ。もうちょっとなのに！」

レイが限界まで背伸びしていることは、多賀谷にもすぐわかった。グラスを持った左腕をシンクの縁について身体を支え、右手をいっぱいに伸ばす。

「無理……するな」

——これは届きそうにないな。

そう思って、多賀谷が腰を上げようとした、そのとき——。

「あっ！」

レイの短い悲鳴に続いて、ガタンという物音が聞こえた。

「え……っ？」

次の瞬間、レイがバランスを崩して倒れる姿がスローモーション映像のように多賀谷の目に映った。

ドスンと響く鈍い音。

ガラスの割れる甲高い音。

すぐ背後で、腰かけていた椅子が倒れる。

「レイ……っ！」

急いでレイのもとへ駆けつけようと思うのに、身体が泥をまとったかのように重い。それでも、息を喘がせつつキッチンカウンターの内側に向かう。

「大……丈夫か、レイ……っ」

レイはグラスの破片の中で仰向けに倒れていた。よほど驚いたのだろう。啞然《あぜん》とするばかりで泣き出す様子もない。足許には、踏み台が横を向いて転がっていた。

「レイッ……。レイ、大丈夫か？」

覚束ない足取りで駆け寄ると、我を取り戻したレイが目を瞬かせた。

「痛ぁ……」

顔を顰《しか》めて起き上がろうとするレイに、多賀谷は慌てて声をかける。

「頭を打ってるかもしれないんだ。じっとしてろ。それに、まわりに割れたグラスが散らばっていて危ない」

眉間の奥がジンジンと痺れるのは、熱のせいだろうか。視界に薄く靄《もや》がかかったようで、足を踏み出すのに躊躇いを覚える。

「痛いところ……はないか？　怪我……」

あと数歩でレイに手が届くと思ったとき、多賀谷は左の踵《かかと》に鋭い痛みを覚えた。

「痛――っ」

反射的に足を上げ、シンクに手をついて身体を支える。

霞む目で足許を確かめると、わずかだが踵から出血していた。気をつけていたつもりだったが、グラスの破片を踏んでしまったらしい。

そのとき、レイがぽつりと呟いた。

「……血？」

咄嗟に起き上がって、多賀谷の足に近づく。

「馬鹿……っ。お前も怪我したら……どうする」

弱々しい声を発したところで、レイは聞く耳をもたなかった。

「ぼくはどうってことない。それより、パパのほうが大変だろ！」

そう言って、多賀谷の腰に手をまわしてくる。レイは多賀谷をダイニングテーブルへ促した。とても踏み台ごと転倒したばかりの五歳児とは思えない行動だ。

「實森が言ってた。パパをキッチンに入れちゃいけないって」

「……え？」

多賀谷は耳を疑った。ここ数日、レイの口から「パパ」という言葉を聞いていなかったからだ。

けれど、レイ自身は気づいていないらしい。

「ゆっくり、歩ける？」

さすがにレイ一人で多賀谷を支えるのは無理だ。多賀谷はレイの薄く小さな肩に手を置くと、バランスをとるために支えてもらうことにした。左の踵さえつかなければ、歩くのにそれほど支障はない。

けれど、頭がふらふらして、レイの支えがなければまっすぐ歩くのは無理だと思った。

「……悪い」

発情期とはいえ、不注意で怪我をしたうえに、子供に支えてもらうなんて、情けないにもほどがある。

レイは多賀谷をいつもの席に腰かけさせると、倒れた椅子を起こした。そして、多賀谷に「待ってて」と言いおいて扉から出ていったかと思うと、すぐに何かを手に戻ってきた。

「足、見せて」

多賀谷の足許にしゃがんだレイの手には、絆創膏《ばんそうこう》とボトルタイプの消毒液が握られていた。どうやら手当てをしてくれるつもりらしい。

「傷の手当てとか……できるのか?」

可愛らしい右巻きの旋毛を見下ろして問うと、レイが絆創膏を見せてくれた。

「ぼく、怪我したらいつも消毒してバンソコ貼ってるもん。實森がなんかあったらって、場所、教えてくれてたんだ」

花柄の絆創膏は、見るからに實森の趣味丸出しだ。

レイは言葉どおり慣れた手つきで多賀谷の踵に消毒液を噴きかけると、余分な薬液をティッシュペーパーで拭ってくれた。

「い……っ……った」

傷に薬液が沁《し》みて思わず声を漏らすと、レイが「大丈夫？」と心配してくれる。

多賀谷は無言で頷いてみせると、傷口に破片が残っていないかレイが確かめてくれた。

「うん。怪我もそんなに大きくないよ」

レイは絆創膏の粘着テープを覆ったセパレータを剝がし、多賀谷の踵にそっとパッド部分をあててくれた。

「できた！　これで大丈夫」

そう言って、レイがにっこり笑って多賀谷を見上げる。

「すごいな、お前」

「べ、べつに……こんなの、誰にだってできる」

多賀谷はレイの手際のよさに感心しつつ、實森に出会ったころ、同じように手当てしてもらった情景を思い浮かべていた。

レイが慌てて目をそらして立ち上がる。

「あっち、片づけなきゃ……」

そう言ってキッチンへいこうとするレイを、多賀谷は急いで呼び止めた。

「片づけは、實森が戻ってからでいい。お前まで怪我したらどうするんだ」

踵がジンジンと疼いて痛む。まるでそこに小さな心臓があるようだ。

「でも、水……飲みたかったんだよね？」

「それくらい我慢できるし……きっとそのうち、實森も帰ってくるから……」

話をしているうちに、自分の声が遠くに聞こえてきた。熱を測らなくとも、上昇しているのがわかる。

「そうだね」

レイが多賀谷のそばに歩み寄って、膝に置いていた手に触れた。

「熱もあるんだよね？　早く、寝たほうがいいよ」

母親がオメガだというレイは、発情期の症状を見知っているのだろう。

「怪我してるし……すごく、しんどそうだもん」

多賀谷の手を肩にのせると、レイは目を伏せて言った。

「ぼくが、連れていってあげる」

まだほんの小さな子供の言葉を、多賀谷は心から嬉しく思った。

「うん、助かる。ありがとう、レイ」

自然と感謝の言葉が出てきたことに、多賀谷は自分でも驚いていた。

壁を伝い、レイに支えられながら寝室に戻り、ベッドへ横たわる。

「はぁ……。さすがに、キツい」

大袈裟に溜息を吐くと、レイが不思議そうな目でこちらを見ていることに気づいた。

「それ、なに？」

ベッドを指差してレイが尋ねる。

「ああ……。これは……」

多賀谷はどう説明すればいいのかわからず、口ごもってしまう。

ベッドには、上掛けのタオルケットのほか、派手なシャツやピンクのチェック柄タオル、髪を結わうシュシュといった、實森の私物が散乱していたのだ。

「それ、實森のハンカチだよね?」

レイはオメガの巣作りを知らないようだ。

「あ、ああ。その、ずっと一人でいると……寂しいだろうからって、實森が……」

嘘は、言っていない。けれど、上手く誤魔化せるような説明でもなかった。

「寂し……い?」

しかし、レイはほんの数秒の間、俯いていたかと思うと、寝室を飛び出していった。

「どうしたんだ、アイツ」

レイのことが気になるが、頭痛までしてきて思考が乱れる。踵の傷の疼きさえ今はもうまったく感じない。

「はぁ……」

オメガなんて、面倒なだけだ。

今もそう思う気持ちがたしかにある。けれど、オメガである自分を面倒臭いと思うことはなくなっていた。

開け放たれた扉をぼんやり見つめていると、レイがマシュカを抱いて戻ってきた。

「パパ、マシュカといっしょに寝るといいよ」

声を出すのもつらくて黙っていると、レイがマシュカを枕許に置いてまた出ていく。そうしてすぐに戻ってきたかと思うと、實森がレイに用意したぬいぐるみたちを抱えていた。

「みんながいるから、もう、寂しくないよ」

言って、枕のまわりや足許へぬいぐるみたちを配置する。

「レイ……？」

「パパが嫌じゃなきゃ、ぼくも……いていい？」

レイはベッド脇にしゃがむと、ちょうど多賀谷の腰あたりで頬杖《ほおづえ》を突いた。マシュカが起き上がって近づき、レイの頭に鼻先を近づける。

「……ん」

寂しい……と、意味もなく口にした言葉。

レイはその言葉を聞いて、多賀谷を一人にしないため、マシュカやぬいぐるみを運んできたのだ。

「お前がいてくれると、心強い……な」

頭が痛い。息をするだけで怠いし、喉が渇いて声も嗄《か》れていた。それでも、多賀谷はこれ以上ないくらい、穏やかで優しい気持ちになれた。

「じゃあ、實森が帰ってくるまでいっしょにいてあげる」

レイがにっこり笑う。

キラキラとしたあどけない笑顔に、多賀谷も自然と微笑み返していた。

「うん」

自分の瞳によく似た紫色の双眸に見つめられながら静かに頷く。

レイは話をするでもなく、ときどきマシュカを撫でたり、しっぽに悪戯したりしながら、多賀谷に寄り添っていた。

多賀谷はレイとマシュカの気配を感じつつ、発情の熱や倦怠感をやりすごそうと瞼を閉じる。

穏やかな静寂の中、ときおりマシュカが喉を鳴らす音だけが聞こえてきた。

そのとき、レイが躊躇いがちに口を開いた。

「聞きたいことが、あったんだけど……」

多賀谷はゆっくり目を開けると、わずかに頷いてレイに先を促した。

「オメガってこと、イヤじゃないの？」

――どうして？

声は出さず、唇の動きで問い返す。

レイは困ったように目をそらしたが、すぐに理由を教えてくれた。

「アルファだって嘘吐いてたのは、オメガがイヤだったからじゃないの」

「そう……だな」

喉の奥が上手く開かなくて、声が出しにくい。それでも、多賀谷はレイの問いに答えるため、声を絞り出した。

「昔は……嫌だったな。本物のアルファだったら、どんなによかっただろうと……何度も思った」

「今は、違うの？」

問い返すレイに、目を細めて頷く。

「なんで？　オメガは面倒臭いことばっかりで、幸せになれないのに？」

レイの顔から笑みが消え、不安と悲しみに彩られていく。きっとレイの母親も今の多賀谷みたいに、発情期に苦しみ、様々な差別や嘲笑を受け、傷ついてきたに違いない。

『オメガは幸せになれない』

そんな言葉を、息子に告げてしまうくらいに——。

「今の俺は……幸せそうに見えないか？」

レイがジッと多賀谷を睨みつける。

「だって、パパはアルファのフリしてるじゃないか」

言い返されて、思わず苦笑してしまう。

「うん……そうだな。でも、今は……オメガでよかったって思ってるし、いつか……本当のことを打ち明けられたらと……思ってる」

多賀谷は身体をレイのほうへ向けると、やわらかな栗色の髪を右手で撫でてやった。

「オメガは、ほかの人に比べてたしかに大変なことが多い。でも、どんな人にもそれぞれ、苦しみや悲しみはある。オメガだけに不幸が訪れるわけじゃない」

気を抜くと声が掠れてしまいそうになる。けれど、多賀谷はまっすぐに想いを伝えるため声を張った。

「俺は、オメガなりの幸せを手に入れられたと思ってる」

すぐには多賀谷の言葉を理解できなかったのだろう。レイがゆっくり右に首を傾げた。

「オメガなり……って、どういうこと？」

オメガは幸せになれないと思い込んでいるレイには、気になる言葉だったのだろう。鸚鵡返しに問うてきた。

「オメガでなければ、手に入らない幸せ……絆《きずな》が、この世界にはある。實森と出会って、俺は今、とても幸せなんだよ。レイ」

胸に込み上げる愛しさが、實森への愛か、レイへの慈愛かわからない。

それでも多賀谷は、レイに諦めないでほしいと思った。

実森という番と強い絆で結ばれた今、たしかに自分は幸せなのだから……。

「オメガでも、幸せになれる。俺が証明する」

「ほんと……に？」

レイの気持ちが大きく揺れているのが、潤んだ瞳と震える声音から伝わってきた。

「あのな、レイ。オメガなりの幸せと言ったが、俺は、その人なりの幸せがあると思ってる。幸せかどうかなんて、結局、人それぞれだと思わないか？」

オメガでもアルファでも、ベータだろうが関係ない。

「最初から決めつけていたら、人生なんて面白くない。幸せになりたければ、自分にとって何が……どんな生き方が幸せか考えないと駄目だ」

そこまで一気に言うと、多賀谷は大きく喘ぐように深呼吸した。

「はぁ……。さすがに、キツい……な」

気持ちが昂ぶったせいで、熱がさらに上がった気がする。脈が速くて呼吸が浅くなっていた。

「パパ……。大丈夫？」

レイが立ち上がって顔を覗き込んできた。その瞳には、もう軽蔑の色は滲んでいない。

——俺がオメガでも、パパって呼ぶんだな……。

「心配……ない。少し、疲れた……だけだ」

大粒の涙を目に浮かべたレイに微笑んでやる。

そのとき、玄関のほうから實森の声が聞こえた。

「遅くなりました！　先生！　レイくん、大丈夫ですか！」

ふだん足音など立てない男が、ドタバタと廊下を駆けてくるのが扉越しに聞こえる。

「失礼します！」

声と同時に三回ノックする音が聞こえたかと思うと、返事を待たずに扉が開いた。

「……あ」

勢いよく寝室に入ってきた實森だったが、多賀谷のそばにレイの姿を認めた途端、足を止めて驚きに目を見開く。

「遅いじゃないか、實森！　大変だったんだからな！」

多賀谷が声をかけるより先に、レイが文句を言って立ち上がった。

「レイくん。何かあったのですか？」

實森はすぐに平静を取り戻し、近寄ってきたレイに問いかける。しかし、その目はしっかりと多賀谷を捉えていた。

「パパ、ぼくのせいで……足に怪我したんだ」

「え……？　大丈夫ですか、先生」

實森が一瞬で血相を変える。

「レイが、絆創膏……貼ってくれた」

わずかに微笑んで答えると、實森は大きく息を吐いた。

實森の姿を見て安堵したのか、手足の感覚が曖昧になり、全身がベッドに重く沈み込む錯覚に襲われる。

「そうですか。しかし、ひどい顔色ですね」

レイの肩を優しく撫でると、實森がベッドに歩み寄って多賀谷の額に手をあてた。

「熱が上がっています。それに……すごい匂いだ」

多賀谷の耳許へ囁きかけると、すぐそばにいたマシュカに声をかけた。

「マシュカも、先生のそばについていてくれたのですね。ありがとう」

多賀谷はとうとう、言葉を発するのが難しくなっていた。實森に状況を説明しなくては……と思うのに、意識が朦朧として口が思うように動かない。

「み、ず……」

重い瞼を閉じて、それだけ伝えるのが精一杯だった。

「わかりました。すぐにお持ちしますから、待っていてくださいね」

實森が優しく答えてくれる。額に触れた手に汗がじんわりと滲んでいた。

電話で連絡をもらってから、どれくらいの時間が経っているのか多賀谷にはわからない。

それでも、實森が一分でも早くと急いで戻ってきてくれたことはわかった。

「レイくん、お手伝いを頼めますか？」

實森が立ち上がる気配に続いて、かすかに扉が閉まる音が聞こえた。

すぐそばで、マシュカが喉を鳴らしている。

手に触れた實森のシャツを無意識に手繰り寄せ、多賀谷はゆっくり微睡に落ちていった。


額にひやりとした何かが触れるのを感じて、多賀谷はうっすら目を開く。

「すみません。起こしてしまいましたか。熱冷ましのシートです」

霞んだ視界に執事姿の實森を認めて、多賀谷は安堵するとともにふたたび目を閉じた。

「緊急用の抑制剤を打ったときは、ぴくりとも反応しなかったんですよ」

實森の声を聞いているだけで、不安や緊張が和らいでいく。

「さあ、先生。お水です」

多賀谷の唇に、ガラスの吸い口が触れた。続けてゆっくりと口内に水が流れ込んでくる。

「……ん」

適度に冷えた水が乾き切った口腔から喉を滑り落ちていく感覚は、発熱した身体にとても心地がよかった。

「少しは、落ち着きましたか？」

「……ん」

数度、喉を鳴らして水を嚥下すると、多賀谷の手を實森がそっと握った。

サイドボードに吸い飲みと並べて置かれているプリンは、實森が買ってきてくれたものに違いない。

「先生、レイくんのこと、ひと言も叱らなかったそうですね」

グラスを割ったうえ、多賀谷に怪我をさせてしまったと、レイは落ち込んでいたらしい。

「レイくん、わたしに何度も謝ってくれたんですよ」

「謝るのは……俺のほうなのに」

ぽつりと零すと、實森が優しく頬を撫でてくれた。

「あの多賀谷虹先生が、素直に非を認めて謝るなんて……少し前だったら誰も信じなかったでしょうね」

實森が揶揄《やゆ》するが、今の多賀谷に言い返す元気はない。知らん顔をするだけで精一杯だ。

「それにしても、いつの間にこんなに集めたのですか?」

實森が手近な場所にあったハンカチを手に取る。

悪戯っぽく目を細めてこちらを見下ろすのに、多賀谷は仕方なく答えてやった。

「お前の匂いがないと、落ち着かなくて……」

いつになく重い発情にオメガの本能が強く働いたのか、無意識のうちに番のものを身近に集めていたらしい。オメガの発情期に見られる巣作り行為だ。

満足そうに頷いて、實森は枕許に積み上げられたぬいぐるみたちを指差した。

「あの子たちは？」

「あれは、レイが……。俺が寂しくないように……って運んできた」

「そうですか」

實森が一呼吸おいて、多賀谷を見つめる。

「レイくんは、とても優しい子ですからね」

「……うん。そうだな」

互いの視線が絡んだかと思うと、實森がゆっくりと身を屈めてきた。そうして、多賀谷の頬に触れた手で首から肩口を撫でていく。

「つらい想いをさせてすみませんでした」

實森は触れるだけの口づけを顳顬から頬へ滑らせて、申し訳なさそうに囁いた。

「発情を薬で抑えたり散らすにしても、限界があると聞きました。このまま、あなたを抱いて差し上げたら……」

「ばか……。せっかく薬打ったのに……」

抱かれたくて堪らないのは、多賀谷のほうだった。発情期をセックスなしにすごすのは随分と久しぶりで、實森にキスをされただけで身体が疼く。

「それに、レイが――」

かさついた唇を實森が唇で塞いで声を遮った。

「っん……」

ビクッと身体が浅ましいほどに反応する。

實森が肘をついて多賀谷に少し体重を預けてきたかと思うと、するりと舌を口内に差し込んできた。

「んぅ、ふぁ……」

熱が高いせいか、實森の舌が異様に冷たく感じる。

いとも簡単に官能を引き出され、多賀谷は自然と大きな背中に腕をまわしていた。

「パパ、入ってもいい？」

自ら舌を搦めようとした瞬間、レイの声とともに扉が小さくノックされた。

「……まったく」

舌打ちしたのは、實森だ。情欲に濡れた漆黒の瞳で多賀谷を見つめ、溜息を吐く。

「ゆぅ……いちろぅ？」

まさか無視する気ではないだろうな……と、多賀谷は實森を見上げた。

すると、實森がフッと笑って、扉に向かって返事をした。

「ええ。大丈夫ですよ」

　實森はほんの数秒前まで情欲に濡れていた瞳を細めて、爽やかな笑みでレイを迎える。一瞬で感情や表情を切り替える實森を、多賀谷は呆れをとおり越して感嘆の眼差しで見つめた。

「……えっと」

　扉を開けて、レイがひょっこり顔を覗かせる。何故かレイは入口に立ったまま動こうとしない。

「パパ……大丈夫？」

　しょんぼりとした顔で聞いてくるのに、多賀谷は笑って答えてやった。

「ああ。薬を打ったから、すぐに落ち着く」

「よかったぁ……」

　心底ホッとしたのだろう。レイが天を仰ぐようにして溜息を零す。

「お水も汲《く》めないし、怪我……させて、ぼく、どうしようって……っ」

　實森が戻ってきて安心したのは、レイも同じだったようだ。緊張して強張っていた心がゆるんだのだろうか。レイの大きなアースカラーの瞳から、涙がすぅーっと伝い落ちた。

「レイくん。どうしたのです。きみが泣くことはないでしょう？」

「でも……っ」

　すぐさま實森が歩み寄り、レイの震える肩を抱いてやる。

「割れたグラスの片づけも手伝ってくれましたし、お留守番をしっかり務めてくれたではありませんか」

声を噛み殺してただ涙を流すレイを、實森は優しく慰めた。

「そうだぞ。レイ」

多賀谷はノロノロと上体を起こすと、レイに声をかけた。

「お前がいてくれて、俺も助かった」

少しずつ抑制剤が効いてきたのか、熱はまだ高く気怠さも残っているが、身体が先ほどまでより軽くなった気がする。といっても、発情時の多賀谷には緊急用の抑制剤といえども、症状を軽減する程度の効果しかない。

多賀谷と實森が声をかけても、レイはなかなか泣きやまない。

「でも、ぼく……。パパ、助けられな……っ」

堪えきれずに嗚咽を漏らすレイを、實森が無言で抱き上げた。

「レイくん。きみはまだ子供で、できないことがあるのが当然なんです」

穏やかな口調で語りかけながらベッドへ近づくと、實森はレイを多賀谷のそばに腰かけさせた。

レイは多賀谷の視線から逃れるかのように背中を向ける。

「人にできることは限られているんですよ。それがたとえ、アルファでも——」

レイが大きく洟を啜って、鸚鵡返しに問いかける。

「アルファ……でも？」

丸い頬に涙の痕を残したレイに、實森は大きく頷いてみせた。

「レイくんは、アルファのことをなんでもできるヒーローみたいに思っているようですが、そんなアルファはこの世にいないのです」

「……え？」

元アルファと名乗っている實森の言葉に、レイはキョトンとなる。

「なんでもできるようになりたいなら、努力するほかないのです。どんなに優れたアルファだって、学校で学んだり身体を鍛えたりしなければ、何者にもなれません」

「そ、そうなの？」

驚きの声をあげると、レイがチラッと多賀谷を見た。

レイの反応を見て、實森がすかさず話を続ける。

「多賀谷先生はオメガですが、レイくんも知ってのとおり世界中に知られる作家です。それは、先生が幼いころから、アルファにも負けないオメガになるのだと、努力を重ねてきた結果なのですよ」

「アルファにも負けない……オメガ？」

レイの濁りのない虹色の瞳が、多賀谷を真正面から捉えた。

「パパ、すごく努力……したの？」

多賀谷のほうへ身体を向けて、レイが身を乗り出す。

「……まあ、そうだな」

気恥ずかしさを覚えつつ認めると、レイがいっそう瞳を丸くした。

「レイくん、先生はその辺のアルファより、うーんとアルファらしいでしょう？」

気をよくしたのか、實森が自慢そうにレイに同意を求める。

「うん。……うん！」

首が捥《も》げるのではと心配になるくらい、レイは何度も頷いた。

「ぼくも、パパみたいになれるかな」

そして、期待と不安の言葉を、多賀谷に投げかける。

「なりたい自分になれるよう、頑張るしかないな」

冷たい言い方かもしれないが、オメガのつらさを知っているレイに、甘い言葉をかけたくはなかった。

「難しく考えることはありません。レイくん」

實森はそう言って、重ねた手でしっかりとレイの手を包み込んだ。

「そのときできることを、精一杯やればいいのです。今日のように……」

「……今日のぼくは、でも、かっこ悪かった」

悲しそうな声でレイが返すのに、實森は首を振って否定する。

「いいえ」

多賀谷も實森と同じ気持ち、同じ考えだった。

「今日のお前は、かっこよかった」

レイの瞳に、みるみる涙が溢れてくる。

次の瞬間、レイが多賀谷の胸に飛び込んできた。

「パ、パパァ……っ」

枕許にいたマシュカがびっくりして、シャーッと威嚇音を発して毛を逆立てる。

「え、どうしたんだよ。いきなり……っ」

子供に泣きつかれたことなどなくて、多賀谷は困惑するばかりだ。それに、いくら子供といっても、疲弊した身体でレイを受け止めるのもきつかった。

「うっ……ふぁ、あぁ……っあーん」

しかし、レイは感情が爆発したかのように、わんわんと泣きじゃくっている。

「おい、レイ……。重いから、どいてくれ」

震える肩を揺するが、レイには聞こえていないようだ。

「レイくん。落ち着いてください」

すると、實森がそっとレイを抱き起こし、胸ポケットのチーフで涙を拭った。

「……だって。ぼく……ずっと――」

壊れた蛇口のように、レイの涙は止まらない。

「大丈夫。大丈夫ですよ」

實森はレイを抱き上げると、背中や頭を優しく撫でてやった。そして、落ち着きのある声で繰り返し宥めてやる。

「ぼく……が、アルファじゃなくても、ママのこと……守ってあげられる？」

實森の肩に顔を埋めたレイが、くぐもった声で問いかけた。

「努力……したら、ママ、ぼくのこと……邪魔だって言わない？」

背中を丸めて泣きじゃくるレイの姿が、多賀谷には幼いころの自分に見えた。

『ママなんか、知らない』

母親のことを聞かれるたび、そう繰り返したレイ。

しかし、やはり本心では母親のことを愛し、求めていたのだろう。

「ぼくは……ママに、嫌われたく……ないっ」

小さな魂が泣き叫んでいた。

多賀谷は胸を抉《えぐ》られるような切なさを覚えつつ、實森に抱かれたレイに告げる。

「正直、お前の母親の気持ちはわからない」

レイの身体がビクッと震えたかと思うと、悲しみに歪んだ顔で多賀谷を振り返った。

責めるような視線を見つめ、多賀谷はなおも続ける。

「でも、俺がお前の本当の父親なら、邪魔だなんて思わない」

嘘偽りのない、本心だった。

情が湧いたのかと言われれば、頷くほかない。

しかし、他人だろうが親子だろうが、誰よりもレイの気持ちを理解してやれるのは、今、自分以外にいないと多賀谷は確信していた。

「お前も、きっと……幸せになれる」

「パパ……ッ」

多賀谷の言葉に、レイが顔をくしゃくしゃにする。

「ぼくっ、……ぼく、あのとき、パパが……助けにきてくれたと思ったんだ……」

虹色の瞳から大粒の涙をポロポロと零しながら、レイはおもむろに、あの日のことを話し始めたのだった。

【九】


どういった心境の変化があったのかわからない。

「ママは……ぼくが、邪魔……んだ……っ」

レイが泣きじゃくりながら話し出す。

腕の中で何度も声を詰まらせるレイの背中をトントンと軽く叩いてやりながら實森は、寝室に置かれた一人掛けのソファに腰を下ろした。

ふと、マシュカがベッドから下りてソファに近づいていくのが見えた。そして、ひらりとソファに飛びのり、肘置きの上で身体を丸める。きっと、泣きやまないレイが心配なのだろう。

「レイくん。もしかして……本当はお母様に会いたいのではありませんか？」

母親の話をすると、レイは決まって「ママなんか知らない」と言って聞く耳をもたなかった。しかし多賀谷は、そして實森も、レイは強がっているだけだと気づいていたのだ。

「……でもっ、ぼくが、いない……ほうが、ママ……幸せ、なんだ」

くぐもった悲しげなレイの声を聞いて、多賀谷は胸を掻き毟《むし》りたくなった。子供にこんな台詞を口にさせる母親とは、いったいどんな人間なのだろう。

「どうして、邪魔だと思うのですか？」

實森がレイの耳許に囁くように尋ねる。

「だって、ぼくにはパパがいるのに……新しいパパに会えって――」

聞けば、あの日、読み聞かせイベントが開催されたホテルにレイがいたのは、母親の交際相手との顔合わせのためだったという。

「ぼくは……顔も知らないパパなんかに、会いたくなかった」

顔合わせの途中で逃げ出して、ホテルをうろうろしているときに、偶然、多賀谷を見つけたらしい。

「パパのこと、すぐわかったよ」

そう言って、レイが多賀谷を振り返った。目は真っ赤に腫れて、頬は涙で濡れている。

「ママが部屋にたくさん、パパの写真を飾ってたから」

一瞬、レイが嬉しそうに笑った。レイの母親は多賀谷の大ファンで、レイが宝物だといった絵本のほかにも、ほぼすべての著作を持っているようだった。

「ママもあのお話が大好きで、何回もいっしょに読んだよ。それでね、いつかぼくも、森の動物たちみたいな仲間に会える、パパにも会えるって……ママ、言ってたのに……」

紫陽花色の瞳から、また、ポロリと涙の雫が零れ落ちる。

「ママは……いい暮らしができるから、新しいパパと結婚するって――」

あの日、ホテルで、母親とその交際相手への反発心から逃げ出したレイの目の前に、父親だと信じ込んでいる多賀谷が現れたのだ。救いを求めて縋ったとして、誰がレイを責められるだろう。

『やっとぼくを迎えにきてくれたんだね？』

多賀谷の脳裏に、出会った日の情景が蘇る。

「ママは、いつも……お金、お金って……お仕事ばっかりで……」

しょんぼりと項垂れて、レイが母親への想いを吐き捨てる。

「ぼくは、お仕事の邪魔しないように、いい子にしてたんだ。いつか、パパと会えたときに、褒めて……ほしかっ……」

ふだんの我儘で強気なレイとは、まるで別人のようだった。か弱くて小さな五歳の子供が、母親を求めて泣いている。

「ママ、ほんとに……ぼくのこと、邪魔になったのかなぁ」

もしかすると、レイは母親に捜し出してほしかったのではないだろうか。だからこそ頑なに、自分から母親のことを喋《しゃべ》らなかったのだろう。

「……ぁいたい、ママ……。会いたいよ……」

「よく、話してくださいました」

實森がレイをしっかりと抱き締めて、トントンと背中を軽く叩いてやる。

マシュカがレイを慰めるように、何度も甘い声で鳴いた。

「レイ」

鼻の奥がツンとするのを感じながら、多賀谷はレイに呼びかける。

「ママに……会おう」

どうあっても、母親を嫌いになれないレイの想いが、多賀谷には自分のもののように感じられた。

「……うん」

實森の腕の中、レイが小さく、けれどしっかりと頷いた。

頑なに拒んでいた母親の連絡先をレイが明かしたのは、その二日後のことだった。


「発情期がちゃんと終わってからにしませんか？」

「いや。すぐに連絡したほうがいい。俺より、レイを優先するのが当然だろ」

實森が心配するのもわかるが、母親に会いたいと涙ながらに打ち明けたレイの気持ちを思うと、一日でも早く母親に連絡を取るべきだと多賀谷は思っていた。

「発情期も終盤に入ったし、身体も楽になった」

多賀谷の言い分に、實森がやれやれといった態度で肩を竦める。

「俺も、レイの母親に会って話がしたいしな」

会ってみれば、多賀谷が本当にレイの父親なのか真実が明らかになる。

ただ、レイの母親が応じるかどうかはわからない。突然いなくなった息子を、捜そうともしないような人物だ。拒絶される可能性も充分考えられた。

「わかりました。先生のお考えに従います」

はたして、多賀谷の心配をよそに、日をおかずにレイの母親と連絡がとれたうえ、すぐに会えることになった。

「明日、お越しいただけることになりました」

こちらから出向くには、リスクが大きい。どこでカメラが多賀谷を狙っているかわからないからだ。

實森と相談した結果、マンションの共用施設であるパーティールームを貸し切ってレイの母親と会うことになった。

「ママ……ほんとに、くるって?」

急な状況の変化に、レイが困惑をあらわにする。母親と会うため、實森はレイにコットンシャツと濃紺のスラックス、ローファーを選んでやっていた。多賀谷は久しぶりにスーツに身を固めている。

面会には最初、實森が一人で臨むことにした。

「はい。レイくんのこと、とても心配されていましたよ」

電話でのやり取りでは、レイの母親は何度も實森に謝罪したという。

「レイを見捨てたくせに、どの口が……」

いったいレイの母親は何を考えているのだろう。多賀谷は不信感が拭えずにいた。

約束の三十分前には、最上階にある多賀谷の部屋のすぐ下にある、パーティールームフロアに移動した。念のためにフロアすべてを貸し切り、レイの母親以外は立ち入らせないようコンシェルジュに伝えている。

「先生とレイくんは、わたしが声をかけるまで、こちらの部屋で待機していてください」

「わかった」

多賀谷はレイを伴って、隣の部屋に入った。扉は、わざと開け放っておく。

レイは緊張しているのか、ずっと黙っていた。

「大丈夫。俺も、實森もついてるからな」

応接セットに並んで腰かけると、多賀谷はレイの肩を抱いてやった。

その数分後、来客を告げるベルの音が鳴り響いた。続けて、實森が応対に出る声が聞こえてくる。

ややあって、若い女性の声が聞こえてきた。

「あ、あの……っ。田中綾香《あやか》です。このたびは、本当に……ごめんなさい！」

田中綾香――レイの母親の、本名だ。

「マリン」という名はいわゆる源氏名で、ふだんから周囲の人間が彼女をそう呼んでいたため、レイはこの名を母親の名前だと勘違いしていたらしい。

母親の捜索がいっこうに進まなかったのは、名前の問題が一番の要因だと考えられた。

實森はレイの母親――綾香をソファに座るよう促して紅茶をすすめる。

話を切り出したのは綾香だった。

「多賀谷先生には……迷惑をかけちゃって、ほんとに悪いと思ってるんです」

綾香の声は上擦っていて、早口で捲し立てるように喋る。その様子から、ひどく緊張しているのが伝わってきた。

そのとき、多賀谷の身体に、レイがそっと寄りかかってきた。

「パパ」

母親の声を聞いていっそう緊張してきたらしい。多賀谷の手をぎゅっと握り締めてくる。

「どういった事情があったのか、お話を聞かせていただけますか？」

實森はふだんと変わらない穏やかな口調で、綾香を促した。

「えっと、あたし、キャバで働いてて、お客からプロポーズされたんです。お金持ちのアルファなのに、気取らなくて優しい人だなって」

そこで、綾香がクスッと笑った。

「あたし、なんとなくだけど、レイはアルファなんじゃないかなって思ってるんです」

もしアルファだったら、オメガの母親一人では、レイにまともな教育を受けさせることも叶わない。そう考えた結果、レイの将来のためにプロポーズを受け入れた。

しかし、親の心、子知らず――。

レイは相手の顔を見るなり、その場からいなくなってしまった。

「そのとき、アイツ『子供は邪魔だったから、いなくなってよかった』……って言ったの」

レイを追いかけようとした綾香にそう言うと、アルファの男はさらに続けた。

「結婚じゃなくて愛人契約だって……。でも、指輪を見せられて『一生、贅沢《ぜいたく》させてやる』って言われたら、プロポーズだって勘違いしても仕方ないでしょう?」

声を戦慄かせる綾香に、實森が同意した。

「それは、そうですね」

――最悪なアルファだな。その男。

綾香に同情しつつ、多賀谷は肩を抱いたレイの表情を盗み見た。

すると、レイは真剣な面持ちでじっと隣室のほうを見つめていた。いつの間にか震えは止まり、表情も憑《つ》き物が落ちたかのようにすっきりして見える。

男の本性を知り、指輪を外して投げつけた綾香は、慌ててレイのあとを追った。そして、レイが多賀谷といっしょにいるところを見た瞬間に閃《ひらめ》いたと話した。

「多賀谷先生とレイが並んでいるのを見て、本当の親子みたいだって思ったんです」

レイは多賀谷を自分のパパだと信じている。もし、多賀谷のもとで暮らせるなら、オメガの母親といっしょにいるより幸せではないかと綾香は考えた。

——オメガは幸せになれない。

レイが何度も口にした言葉は、やはり母親である綾香の言葉だった。

「どうして、多賀谷先生を父親だと……？　まさか、本当に……」

實森が尋ねると、綾香は慌てて否定した。

「ち、違います！　あたし、先生に会ったことないもの！」

綾香の言葉を聞いた瞬間、多賀谷はこっそり胸を撫で下ろしていた。

すぐにレイのことが心配になって様子を窺うと、予想外に平気そうな顔で母親の話を聞いている。

「レイ、大丈夫か？」

「うん。なんとなく……パパはパパじゃないんだろうなって、思ってたから……」

しっかりとした声に、多賀谷は安堵と心強さ、そして、いくばくかの寂しさを覚えた。

「あたし、多賀谷先生の大ファンで、先生の作品には何度も救われてきました。先生はいろいろ噂があったけど、お話の中に先生の優しさが表れてる気がするんです」

綾香は一人で赤ん坊を産み、キャバクラの仲間たちに助けられつつ子育てをしてきたと打ち明けた。

「まだ赤ちゃんだったレイの瞳が、先生の瞳と似ていることに気づいて、先生みたいに綺麗でかっこいいアルファが、レイのパパだったらいいのに……って」

綾香は、レイが物心つく前から「あなたのパパは、多賀谷虹という立派なアルファで、優秀な作家だ」と言って聞かせた。テレビはなかったため、雑誌の写真やポスターを部屋中に貼ったという。

田舎のベータ一家に一人だけオメガとして生まれた綾香は、家族から虐げられて育った。そんな家から逃げ出したくて、高校を中退して上京したらしい。

「東京に出たら、何か変わると思ってたけど、オメガはどこにいっても、結局、オメガでしかないんです」

オメガだから虐げられても仕方がない。学がないのも貧乏なのも、オメガだからだと諦めていた。

そんなある日、綾香はある雑誌に掲載された多賀谷の写真に一目惚れした。そして、多賀谷が作家と知って、著作を買い込んで読み耽った。

「小説なんて、読んだことなかったのに……。あたし、デビュー作で本当に感動して、先生みたいなアルファと番になれたらって、ずっと夢見ていたんです」

そんなとき、留学生だという異国の青年が綾香の店で黒服として働きだした。青年はオメガの綾香にも優しく接してくれた。やがて二人は恋に堕ち、綾香はレイを身ごもった。

だが、青年はある日綾香の前から姿を消してしまったのだ。

「ご苦労されたのですね」

長い沈黙のあと、實森が静かに言った。

「レイはあたしみたいなオメガといっしょじゃないほうがいいと思ってた。でも……っ」

堪えきれなくなったのだろう。綾香が嗚咽を漏らす。

「本当は……会いたくて会いたくて、堪らなかったの。でも、レイからは何も言ってこないから、幸せなのかなって……」

綾香が声を詰まらせ、何度も洟を啜る音が聞こえてきた。

「先生がもし、レイを引き取ってくれるなら、そのほうが……っ」

そのとき――。

「……ママ」

ボソッと呟いたかと思うと、レイが弾かれたように駆け出した。

「おいっ、レイ……ッ」

制止の声を聞かず部屋を飛び出したレイのあとを慌てて追いかける。そして、隣室に足を踏み入れた瞬間、多賀谷の目にレイが母親に抱きつく様子が飛び込んできた。

「ママッ！　ママぁ……っ！」

「レイ……！」

ソファの前に膝をつき、綾香はしっかかとレイを抱き締める。

「ごめん……。ごめんね、レイ……」

綾香の目に、大粒の涙が光っていた。

再会を喜ぶ親子を見つめながら、多賀谷はゆっくり實森のそばへ歩み寄る。

すると、ソファから立ち上がった實森が、苦笑とともに多賀谷の耳許へ囁いた。

「タイミングを見て引き合わせる予定でしたよね？」

「レイが勝手に飛び出したんだ。仕方ないだろ」

ムスッとして言い返すと、實森がやんわりと目を細めた。

「まあ、結果オーライということでよろしいのでは？」

こそりと耳打ちされて、多賀谷は無言で頷いた。

「ママ、ぼくはママといっしょにいたい」

啜り泣く綾香に、レイが告げる。

「あのね、ママ。オメガでも幸せになれるんだよ」

「……え？」

綾香が顔を上げ、レイを見つめて瞠目する。

「本当だよ。パパと實森が教えてくれたんだ」

「あのね、レイ。多賀谷先生はパパじゃ……」

綾香が慌てて訂正しようとするが、レイはそのまま話し続けた。

「誰でも幸せになれるんだよ。あの絵本のドラゴンや森の動物たちみたいに！」

綾香の手を取り、レイが高らかに宣言する。

「大丈夫。ぼくが、ママを幸せにしてあげる！」

「……レイが？」

綾香の目から、一際大きな涙の粒が零れ落ちた。

「そう……。あたしでも……幸せになれるんだ」

ふわりと笑うと、綾香はうんうんと何度も小さく頷いた。そして、多賀谷と實森を振り返り、深く頭を下げる。

「あの、ありがとうございます。なんだか、レイ、あたしが知らない間に、こんな……立派になっちゃって」

多賀谷はこのときはじめて、綾香の顔をしっかりと認めた。ブラウンベージュのワンピースを着た小柄な身体に、ゆるく曲線を描く金茶色の長髪が目を引く。あどけなさの残る丸顔と大きな瞳と、スッととおった鼻筋に肉感的な唇は、レイの顔立ちとよく似ている。二十代なかばと聞いていたが、もっと若い印象を多賀谷は覚えた。

「あのっ、多賀谷先生」

落ち着きを取り戻したのか、憧れの作家を前にして綾香が畏まった態度を見せる。

「このたびは、ご迷惑をおかけして……本当にごめんなさい」

慌てて立ち上がると、そう言って深々と頭を下げた。

その後、四人で今後について話し合った結果、レイはこのまま母親のもとへ戻ることになった。そして、ティエラプロや二谷書房、また警察や関係各所への対応はすべて實森が担うと決まった。

「ところで、一つお伺いしたいのですが」

紅茶を淹れ直して席に着いた實森が綾香に問いかける。

「あの日、ホテルにいらっしゃったのですよね？　それなのに何故、ホテルや周辺の防犯カメラにあなた方の映像が残っていなかったのでしょうか？」

實森と同じ疑問を多賀谷も抱いていた。

「あ、ああ。多分なんですけど……」

綾香がティーカップを手にして答える。

「例の客が、圧力をかけて消させたか、映ってないことにさせたんだと思います。一応お店の上客だから詳しいことは言えないんですが、有名企業の御曹司なので——」

その言葉だけで、多賀谷は腑《ふ》に落ちた。きっと實森も同じだろう。綾香の名前が本名でなかったことと、アルファの圧力、そしてレイの口の堅さが、今日まで多賀谷虹の隠し子問題を長引かせたのだ。

實森は今回の件について、綾香やレイに一切責任を負わせるようなことはしないと約束した。

「ただ、いろいろなことを諦めないと、約束をしてくださいますか？」

實森が微笑みながら綾香に告げる。

「レイくんが言ったとおり、人は誰でも幸せになる権利があります。オメガもアルファも関係なく」

すると、綾香はティーカップをテーブルに置いて、ふわりと花のような笑みを浮かべた。

「ええ、そうですよね。あたし、忘れてました」

そう言うと、多賀谷を見つめる。

「大好きな多賀谷先生の本に何度も助けられて、教えられたっていうのに……。今日からはオメガだってことを言い訳にしないで、できることを頑張ろうと思います」

綾香は少しずつでも、自分で幸せになる努力をすると約束した。

「できるだけレイといっしょにいられるよう、転職も考えてみます」

すると、それまで綾香にピッタリくっついているだけだったレイが、大きな声をあげた。

「ママ、ほんと？　ぼくとずっといっしょにいてくれるの？」

綾香の腕を摑んで目を輝かせる。

「ぼく、いつもママのお仕事の邪魔なんだって思ってたんだ。お金のために、ぼくはいないほうがいいんだって……」

綾香がハッとしてレイを抱き締める。

「違うわ、レイ！　レイが邪魔だなんて思ったことない！　レイを幸せにしてあげたくて、そのためにお金が必要だって思ってただけなの」

「じゃあ、これからもそばにいてくれる？　新しいパパとどこかにいったりしない？」

綾香の胸の中で、レイが心に残ったわだかまりを吐露する。

「うん。約束する。ママ、レイが一番好き。愛してる」

多賀谷は複雑な想いで、綾香とレイのやり取りを見守っていた。もし、自分がもっと素直に本心を打ち明けていたら、母親と良好な関係を築けただろうか。

そう思うと、レイのことが羨ましくて堪らなくなった。

話し合いを終え、多賀谷と實森はエレベーターホールまでレイと綾香を見送りに出た。

「パパ……じゃない。多賀谷せんせ、實森。ありがと」

實森手製の帆布のリュックサックを背負ったレイが、涙声で礼を言った。色とりどりのビーズで飾られたリュックサックの中には、ボロボロになった多賀谷の絵本が入っている。

「ほかの荷物は後日、お届けします」

滞在中に増えてしまったレイの私物は、すべてプレゼントすることになった。

乱雑だった客間がすっきりすると思うと、多賀谷は何故か寂しさを覚えた。

綾香と並んでエレベーターに乗り込んだレイが、ふと口を開いた。

「えっと、あ、マシュカによろしくって言ってね」

声が上擦っている。

「パパ、實森も、ずっといっしょにいてくれて……ありがとう！」

愛らしい笑みを浮かべながら、レイは涙を流した。

「ぼくのパパは世界で一番カッコいいヒーローだよ」

同じように青みがかった虹彩に見つめられ、面映ゆい感情に胸がギュッとなる。

「いや、俺はお前のパパじゃない」

多賀谷は気恥ずかしさから、ついぶっきらぼうに言い返してしまった。

けれど、レイは気にしていない様子で多賀谷に告げる。

「アルファとかオメガとか、どうでもいいってわかった。ぼく、パパや實森みたいに、好きな人を守ることができるヒーローに絶対なるからね」

レイの隣で、綾香が涙を手で拭った。

「じゃあな」

多賀谷が辛うじて発した台詞を合図に、エレベーターの扉が閉じていく。

「パパ！　大好きだよ！」

　扉が閉じた瞬間、堪えきれない涙が多賀谷の双眸から溢れたのだった。

　自宅に戻ってリビングルームに足を踏み入れた途端、マシュカが駆け寄ってきて多賀谷や實森の足に身体を擦りつけてきた。

「お前、寂しいのか？」

　マシュカを抱き上げて、がらんとして見えるリビングルームからダイニングルームを見まわす。

「お茶を淹れましょうか？」

　實森の声を聞きながら、多賀谷はぽつりと独りごちた。

「俺は守られてばっかりだってのにな……」

　レイが最後に残した言葉を、多賀谷は重く受け止めていた。

「そんなことはありませんよ」

　實森は多賀谷の独り言を聞き逃さなかったらしい。

「レイくんは、あなたに守られていたと、感じていたのではないでしょうか」

　背後から多賀谷の腰に手をまわして、右の耳許へ優しく囁く。

　多賀谷は實森の胸に体重を預けると、静かに瞼を閉じた。発情期も終盤に入って抑制剤を服用しているといっても、番の体温とかすかに香るフェロモンを間近に感じると、それだけで腰の奥に甘い疼きを覚える。

「これは、わたしの推測ですが」

多賀谷の髪にやんわりと口づけながら、實森が続ける。

「レイくんは、アルファだと思うのです」

「うん、そうかもな」

多賀谷は驚かなかった。何故なら、レイの高い学習能力を目の当たりにしてきたからだ。食事のマナーを教えるとすぐに身につけたし、マシュカの餌の分量も一度實森に聞いただけで覚えてしまった。絵本を独学で読めるようになったこともそうだ。

「先生、気づいていましたか？　レイくんに先生のことがバレてしまったときのこと」

目を開き、ゆっくり肩越しに振り仰ぐと、實森が穏やかな笑みをたたえていた。

「あのとき、レイくん『おやつの匂いがした』と言ったんです。お菓子か果物の匂いと勘違いしていたようですが」

発情の影響もあってか、多賀谷はあの日の情景をおぼろげにしか覚えていない。

「おそらく、あの日はじめて、オメガのフェロモンを感知したのではないでしょうか」

レイは母親の綾香がオメガのため、発情期について知っていた。だが、フェロモンの匂いまでは知らなかっただろう。そもそも、オメガフェロモンは親子間では感知しないとされている。

「あの年齢でオメガフェロモンを感知したということは、強いアルファ性を有していると考えられます」

「だったら、レイに教えてやればよかっただろう」

「ただの推測でしかないのに、アルファを崇拝していたレイくんに『きみはアルファかもしれない』などと言えるはずがないでしょう?」

　實森の言い分はもっともだ。

「それに、今回はいつもの発情期と違って、わたしらしくなく余裕がありませんでしたから……」

　レイにオメガだとバレたり、多賀谷がもっともつらい日に限ってそばにいられなかったりしたことが、實森の負担となっていたのだ。

「あなたのことになると、冷静でいられなくなる瞬間が、どうしてもあるのです」

　自嘲の溜息とともに實森が弱音を吐く。

「俺の存在がそれだけ、お前の中で大きいってことだろ」

　腰にまわされた手袋を嵌《は》めた手に自分の手を重ね、多賀谷は揶揄うような口調で言った。

「否定はしませんよ」

　けれど、實森はまるで気にかけない。それどころか、多賀谷を抱き締める腕にぎゅっと力を込めてきた。

「それより、先生。レイくんがいなくなって寂しいのでは？」

やはり、實森には本心を見透かされていたらしい。

「……否定は、しない」

バツの悪さを誤魔化そうと、實森の言葉を真似て返す。

すると、實森がクスッと笑う気配がした。

「子供、欲しいですか？」

いつになく砕けた口調に、實森の機嫌のよさが窺い知れた。

「それはお前だろ。レイのこと、本気で引き取るつもりだったくせに」

「そうしていいと思ったのは本当です」

抱き締める腕の強さにも、實森の想いが感じられる。

「子供、か……」

できることなら、読者という存在として以外、かかわりたくないと思っていた。

けれど――。

「お前が望むなら……べつに、俺は――」

レイとの一か月に満たない日々を思い起こすと、面倒臭さばかりでなかったとわかる。

昨日できなかったことが今日できるようになったり、無条件で慕ってくる姿には愛しさを覚えた。レイが望むなら引き取ることも考えたくらいには、子供に対する考え方が変わったのだ。

それでも、不安がないわけでもない。

母親から歪んだ愛情を注がれて育った自分に、まっとうな子育てができるだろうか。

血を分けた存在でありながら、思うようにならない子供を、はたして手放しで愛せるだろうか……。

浮き立つようだった感情が、知らず知らずのうちに暗く澱んでいく。

そのとき、實森が多賀谷の顔を覗き込んできた。

「何を考えているのですか?」

ハッとした多賀谷に、實森は満面の笑みを向ける。

「あなたならとても素敵な親になれると、わたしは思っているのですが」

自信が溢れた表情と台詞に、多賀谷はつい、天の邪鬼な態度をとってしまう。

「俺のどこに、いい親になれる素質があるっていうんだ?」

唇を尖らせる多賀谷に、實森は笑みを絶やさず答えた。

「レイくんとの関係を見ていて、確信が持てました。それに、言ったでしょう? あなたは誰よりも優しい人だと……」

強く揺るぎない瞳に見つめられ、もしかしたら……という希望が生まれるのを感じた。

「虹……」

名前で呼ばれ、ドキッと心臓が高鳴る。

「わたしがあなたとの子供を望んでいること、きっと察してくださっていたのでしょう？」

多賀谷は何も言えなかった。ただ、澄んだ瞳から逃げまいと、奥歯を嚙み締めて實森の言葉を、想いを受け止めるだけ――。

「虹がわたしと同じ想いを抱くまで、待つと決めています。だから、わたしのために自分を抑え込むことだけはしないでください」

「侑一郎……」

やはり、自分は甘やかされてばかりだ。悔しさと、嬉しさとが綯《な》い交ぜになった感情が胸に湧き上がる。

「ほ、欲しいなら、言えばいい……」

多賀谷の台詞を、すかさず實森が遮った。

「わたしはまだまだ、先生との新婚生活を楽しみたいと思っていることに気がつきました。子供相手に嫉妬することがわかっていますしね」

多賀谷は耳を疑い目を瞬かせる。

「お前が……嫉妬？」

すると、實森が強引に唇を塞いできた。

「ン――」

口づけたまま肩を摑んで体勢を入れ替えると、實森は多賀谷の唇に軽く歯を立てる。

「んぁっ」

多賀谷が鼻にかかった甘い声を漏らすと同時に、口づけが解かれた。

「もちろん、あなたに妬かれるのも厄介ですけどね」

鼻先をくっつけたまま、意地悪く微笑む。

「当分の間、我儘王子様は一人で充分です。……けれどいつか、あなたと二人で小さな命をこの腕に抱きたいとは思います」

甘い微笑に、文句を言う気が削がれてしまった。

いつだってそうだ。

實森は多賀谷に傅《かしず》くフリをして、後ろ手に長い手綱を握っている。

「うるさい。お前こそ、俺以外のヤツの世話をするなんて、しばらくは許さないからな」

レイに嫉妬した。それは言い逃れできない。

「お前は俺だけの番なんだから」

吐息交じりに告げると、多賀谷は自ら實森に口づけた。わずかに踵を上げなければならないのが癪だが、ほんのり匂い立つ柑橘系の香りに嬉しくなる。

實森の、アルファフェロモンの香りだ。

やや薄めの唇を味わいながら、多賀谷は實森のフェロモンを胸いっぱいに吸い込んだ。

「はぁ……」

大きく息を吐くと、實森が苦笑を浮かべた。

「まったく、本当に可愛らしい人ですね。本気で食べてしまいたくなる」

奥まった双眸にくっきりと色香を宿し、多賀谷の腰をそろりと撫でる。

「妬いたのは、あなただけじゃないと何度も言いましたよね？」

「……え？」

あ、と思ったときには、軽々と實森に抱き上げられていた。

「申し訳ありませんが、自分で思う以上に余裕がありません」

やや早口で告げると、カウチソファに多賀谷を横たえる。

「一か月近く我慢させられていたんです。……虹」

クロスタイを外しながら、實森が目を眇める。その眼光はまるで、獲物を狙う獣のそれを思わせた。

「存分に、可愛がって差し上げますからね」

ドクン、と。

腹の奥が疼いた。

「侑……一郎っ、す……きだ」

本能が番を求めるのか、身体が一瞬で情欲に呑み込まれていく。

「あなた、無意識でそういうことを言うの、本当に……性質が悪い」

ベストを脱ぎ捨て、ウィングカラーのシャツのボタンを気忙しい手つきで外す實森を見上げ、多賀谷は期待と欲情に胸を熱くしていた。

裸になった上半身を見せつけるようにして、實森が覆い被さってくる。

「今日は本当に、手加減できそうにありません」

「いぃ……。お前の好きにして……かまわない」

答えながら、多賀谷は視界の端にマシュカがリビングルームから出ていく姿を捉えた。

「ここまで素直なのは、発情……ヒートを抜けきっていないからですか？」

多賀谷の腿あたりを跨《また》ぐと、實森は多賀谷のジャケットをはだけさせた。続けてボルドーカラーのネクタイを解き、淡いブルーグレーのシャツのボタンに手をかける。

「こういう趣味はないと思っていたのですが」

實森が耳に髪をかけながら呟く。

「自分が贈って着せたスーツを脱がせるというのは、存外に……興奮するのですね」

スラックスからシャツの裾を勢いよく抜き去り、薄いがしっかり鍛えた腹筋を見下ろしてうっとりと目を細める。

「なかなか煽情的な眺めですね。乱れたスーツ姿の虹は……」

劣情を孕《はら》んだ漆黒の瞳に見つめられ、多賀谷は予期せぬ羞恥を覚えた。

「くだらないこと……言ってないで、さっさと抱け……っ」

實森の熱を帯びた視線から逃れるため、ふいっとそっぽを向く。

「寂しいことを言わないでください。久しぶりにあなたを抱くことができるんです。存分に味わわせていただきますよ」

背中を丸めて肩口に囁くと、實森はそのまま薄い皮膚をきつく吸い上げた。

「ああっ」

チリッとした痛みを感じたのはほんの一瞬で、すぐに甘い快感が多賀谷を包み込む。

實森は右手であらわになった胸を弄り、ツンと勃ち上がった乳首を摘まんでは、喘ぎを漏らす多賀谷の反応を窺う。

「どこもかしこも敏感で、可愛がり甲斐がありますね」

下腹にときどき股間を擦りつけながら、實森が喘ぐように囁く。前を寛げたスラックスの下で、實森の股間は充分なくらい硬く張り詰めていた。

「虹のココもしっかりわたしに反応しています」

嬉しそうに、勃起した性器を多賀谷のソレへ押しつける。

「あ、あぁ……っ」

性器への刺激に目の奥で閃光《せんこう》が飛び散り、甲高い嬌声を抑えきれない。

「このまま、一度射精しますか？　濃密なフェロモンに酔ってしまいそうです」

實森が首筋へ唇を這わせながらうっとりと囁く。

自分でも夥《おびただ》しいフェロモンを発しているのがわかった。實森のアルファフェロモンと混ざり合って、重苦しいほど甘ったるくも爽やかな芳香がリビングルームに充満していく。

「い、やだ……。イくなら……いっしょが、いい……」

いつだって實森の手練手管に翻弄されて、多賀谷だけが何度も絶頂に至っていた。

「お前も……ちゃんと、気持ちよくないと……嫌だ。侑一郎……」

快感と発情で意識が朦朧とする中、それでも多賀谷はまっすぐに實森を見つめて言った。

「中で……お前を感じたい」

触れてみなくても、尻の谷間が浅ましい愛液で濡れているのがわかる。

「だから、……な？」

小首を傾げ、實森の肩に両腕をまわして誘う。

「は……やく、挿れろ」

誘惑の仕方なんて、知らない。

多賀谷は思いつく限りの淫らさを演じ、懸命に實森を誘う。両脚で實森の腰を捕まえ、わずかに腰を揺すってみせた。

「……まったく、あなたという人は」

實森が派手に溜息を吐く。多賀谷の頬に左手を添えてそろりと撫でた。

「わたしを暴走させたいのですか？」

言葉どおり、實森のフェロモンが一気に濃度を増した。

多賀谷は頭の中心がビリビリと痺れ、心臓が壊れたみたいに早鐘を打つ。勃起した性器から先走りとも精液ともわからない体液が溢れ、下着どころかスラックスまで濡らしていた。

――え、もしかして……イッた、のか？

まさかという想いに瞠目する多賀谷の上から、實森の苦しげな声が漏れ聞こえた。

「い、ぃ加減に……してください。あなたのフェロモン……凶暴すぎ……てっ」

顔を紅潮させ、額から汗を滴らせた實森が、苦渋に歪んだ笑みを浮かべている。

「そん、なに……わたしが、欲しい……？」

實森のフェロモンが増幅したのではない。

多賀谷のアルファフェロモンを浴びて、實森が理性を失いかけているのだ。

アルファはそのフェロモンでオメガもベータも関係なく圧倒し、従えることができる。しかし、発情したオメガのフェロモンの前では、アルファはただの雄でしかなくなるのだ。

「うん」

自分のせいで理性を失った實森を見上げ、多賀谷はにっこりと微笑んだ。

「侑一郎が欲しい。お前だけが……欲しい」

強く抱き寄せ、もう一度足を搦めて、交合を強請る。

「いっぱい、俺を愛してくれ。侑一郎――」

實森が、泣き笑いのような表情で多賀谷を見つめていた。

「あいしてる」

照れ臭くて、ふだんは絶対に口にしない言葉を捧《ささ》ぐ。

「愛してる。侑一郎。……だから、もっと――」

――俺を、愛して……。

「ええ」

頷いた實森の鼻の頭から、汗の雫がポトンと落ちた。

「仰せのままに……」

右手を胸にあてて頷いたかと思うと、實森はいきなり多賀谷の腰を抱え上げた。

「ああっ」

驚きに声をあげている隙に、ベルトが外されスラックスごと下着を下げられる。そのまま一気に下半身を丸裸にされた。

かと思うと、多賀谷の眼前で煽情的かつ恥辱的な光景が繰り広げられる。

「いつの間に、射精していたんです?」

實森の声に湿度と粘度が増しているように聞こえるのは錯覚だろうか。

「し、知らな……い」

腹を深く折った体勢で腰を抱えられ、息苦しさに声がくぐもる。

「こんなに赤く腫らして、ぐっしょり濡れてます」

實森はそう言うと、躊躇なく多賀谷の性器をぱくりと口に含んだ。

「あ、あああっ」

芯を失いかけていた性器が、實森の口の中で一気に硬度を増す。裏筋を舌でくすぐられ、雁首《かりくび》にやんわり歯を立てられた瞬間、信じがたいことに二度目の絶頂が多賀谷を襲った。

「ひ、あぁ……っ。放……っ」

腰を捻って逃れようとするが、しっかと下肢を抱えられていて叶わない。

「ッ——!」

あえなく、多賀谷は實森の口に精を放った。

「ば、ばか……っ」

涙で潤んだ目で睨んでも、實森はまるで意に介さない。

それればかりか、口の中でしっかり白濁を味わうと、喉仏が上下する様を見せつけるように嚥下した。

「……美味い」

唇に零れた雫を舌で舐め取り、恍惚《こうこつ》の笑みを浮かべる。

「さあ」

立て続けに二度の絶頂を迎えたせいか、多賀谷は何も考えられない。

あるのはただ、いまだ欲情して憚《はばか》らない発情した身体と、實森を求め欲する想いばかり。

「もっと、わたしを欲しがってください」

實森がそっと多賀谷の腰をカウチに下ろし、胸と胸を重ねてくる。

「ゆぅ……いち、ろ……」

汗ばんだ肌同士が触れると、抱き合っているという実感が込み上げてきた。朦朧としながらも、多賀谷は實森の背中へ腕をまわした。

「愛しています。虹」

尻の奥へ手を忍ばせながら、實森が何度も繰り返す。

「虹……わたしだけの、虹」

甘えて縋るような掠れ声を聞いていると、多賀谷の胸に切なさが募った。

「すみません……。やっぱり、もう……我慢できそうにない」

愛撫もほどほどに、實森が上目遣いに多賀谷を見つめた。

「早く、あなたと一つになりたい」

断る理由など、あるはずがない。

「うん」

こくんと頷き、微笑んでやる。

「こい、侑一郎」

まるでヤンチャな大型犬を相手にしているみたいだった。

實森がパッと喜色を浮かべ、多賀谷の胸にキスを落とす。

「ああ、本当に……あなたは愛らしい人だ」

實森は多賀谷の腰を抱え直すと、異様なくらい勃起した性器をゆるゆると手で扱いた。

そして、そっと多賀谷の尻にあてがって息を整える。

「楽に、していてください」

言っておきながら、實森は多賀谷の返事を待ってはくれなかった。

「まっ……」

気遣いのない交合は、それだけ實森に余裕がない証拠だろう。

「あ、あぁ……。すごい……燃えるようです」

容赦なく最奥まで性器を埋め込むと、實森が感嘆の溜息を漏らした。

「ひっ……あ、あぁ……はぁ」

いきなり腹の奥までを太い肉塊で穿たれ、多賀谷は呼吸もままならない。

それでも、身体は歓喜に震えている。肌が粟立ち、剝き出しの性器が勃起して涙を流し

ている。肌の上を快感がさざ波のごとく、何度も寄せては返す。

「虹……っ」

多賀谷を呼びながら、實森が腰をうねらせた。目を閉じ、快感を追いかける様は妖艶で、逞しい身体が汗に濡れて艶めかしい。

「はっ……はぁ！　あ、ああ、虹……愛しています。ずっと……あなただけを……」

互いのフェロモンに酔いしれながら、その瞬間を目指す。

「ん、あぁ……侑一……ろぅ！　な、中に……」

實森のすべてを受け止めたい。ほんの一滴さえも取り零したくはなかった。

「んっ、はっ……。虹、……ああ、虹」

正常位の体勢で、實森は狂った獣のごとく腰を振る。

肉と肉がぶつかり、汗の雫が舞い散る中、二人きりの世界を堪能する。

「中に……出して——！」

もう一度、甘えるように催促すると、實森が背をのけ反らせて喘いだ。

「くっ……ぅ」

次の瞬間、腹の奥に熱い飛沫《ひまつ》が撒き散らされた。

「……あ」

本能が、實森を全身で迎え入れるのがわかる。

多賀谷もまた、歓喜のうちに射精していた。

「愛しています。虹」

「……ん」

俺も、だよ。

これまで感じたものとは比較にならない多幸感に包まれながら、多賀谷はゆっくりと意識を手放したのだった。

【エピローグ】

レイの父親が見つかったと實森のもとに連絡が届いたのは、今年初の木枯らしが吹いた十月末のことだった。実は御曹司である實森のつてを使って調べていたと教えてくれた。

「やはり、アルファでしたよ」

レイの父親はとある国の王族に連なる血筋だという。当時、親族から強引に婚姻を迫られた彼は、出奔して日本で留学生と偽って綾香がいた店で働いていたらしい。

「向こうのエージェントに、来日の手配を進めてもらうよう頼んだところです」

レイの父親は綾香を今も愛していて、いつか親族を納得させられる力を得たとき、迎えにくるつもりだったという。

「だったら連絡の一つでもしてやればいいのにな」

「いろいろ込み入った事情があったようです。短気で血の気が多いお国柄だと聞きました。ちょうど状況が落ち着いてきたところへ、エージェントが接触したそうです」

「へ、へぇ……。そうなのか」

綾香の存在が親族に知られないよう、連絡を絶っていたと察して、多賀谷は苦笑いを浮かべた。

「それと、もう一件、ご報告があります」

實森はそう言うと、多賀谷に一通の封書を差し出した。宛名は實森で、差出人は——。

「な、んで、母さんの施設から……？」

多賀谷と實森が婚姻を結んだとき、多賀谷の母親は異国の施設へ移っている。以来、多賀谷のもとには施設から事務的な定期報告がメールで届けられていた。實森が個人的にやり取りしていたと知って、多賀谷は動揺に目を見開く。

「勝手なことをして申し訳ありません」

實森は施設を通じて、多賀谷の母親に手紙を送っていたと打ち明けた。

「先生のお母様は手紙に目をとおすそうですが、内容を理解しているかどうかはわからないと聞いていました。もちろん、お返事を頂戴したことは一度もありませんでした」

封筒を持ったまま震える多賀谷に歩み寄り、實森はさらに続ける。

「ですが、今日届いたスタッフの方からの返信に、これが——」

實森は多賀谷の手からそっと封筒を取ると、中から虹色のカードを抜き出した。

「な、に……？」

手渡されたカードに、恐る恐る視線を落とす。

そうして次の瞬間、多賀谷は瞠目するとともに、大粒の涙を溢れさせた。

『処女作、拝読しました。あなたらしく、これからも身体に気をつけて頑張ってください。

愛してるわ、虹』

カードを持つ手に、涙の雫がいくつも落ちて弾ける。

「スタッフからの手紙によると、近ごろは息子のことをアルファだと言わなくなったそうです。大切な一人息子のことを、ふつうに自慢げにお話しされていると」

母の心の病は癒えていない。しかし、己を守るために、心を患った人が記憶を書き換えたり、忘れたりすることはよくあるという。

施設からのメールにも、母親の変化が記されていたのだろうか。なおざりにしか目をとおさなかったこと、多賀谷は今さらながらに後悔した。

「母さんの……字だ」

滂沱《ぼうだ》として涙を流しながら、多賀谷は何度も母の字を目で追った。ところどころ歪んだ字は、筆圧が低くなっているせいだろう。

『あなたらしく――』

デビュー作の、テーマだ。

「ちゃんと、読んで……くれたっ」

歪んでいたかもしれない。

けれど、愛されていたのだと気づく。

「怒っていますか？」

号泣する多賀谷を抱き締めて、實森が小声で問う。

「……知、るかっ」

答えながら、自分も愛せるかもしれないと思った。

多賀谷を愛せたのだから、きっと——。

「お母様に、会いにいきましょう」

「……うん」

子が親を思う心や、親が子を思う心は、きっと誰もが持ち合わせている。その心をどう発露させるかは個人次第なのだろう。

いつか、もし實森との間に子供が生まれたら、不器用なりに精一杯の愛情を注ごう。

間違っても、迷っても、隣に實森がいれば、きっと大丈夫——。


翌年、スランプから脱した多賀谷は、はじめて家族愛をテーマとしたホームドラマを書き下ろした。久々の新作は即重版となり、海外でのドラマ化が決まるなど、新たな多賀谷虹の魅力を世間に知らしめたのだった。

あとがき

こんにちは、四ノ宮慶です。このたびは「二人の偽物アルファは執事アルファに傅かれる」を手に取ってくださって、本当にありがとうございます。

今作は「偽物アルファは執事アルファに溺愛される」の続編です。担当さんから「続編を書いてみませんか？」とご提案いただいたときは、とにかくびっくりしてしまって、嬉しい気持ちは少し遅れて込み上げてきたことを覚えています。まさかはじめて書いたオメガバースで続編を書かせていただけるなんて思ってもいなかったのですよ。

これも前作を手に取ってくださった読者様のお陰です。本当にありがとうございます。

多賀谷と實森の恋を応援してくださった皆さんに、その後の二人の暮らしぶりやイチャイチャ、そして互いに成長していく様子を楽しんでいただきたいという想いを胸に、一生懸命書き上げました。ほんのひとときでも、物語の世界を味わっていただいて、読後にほんわかしていただけたら幸いです。

体調不良やプライベートでバタバタして、思うように書き進められない時期もあって、担当さんにはまたしてもご迷惑やご心配をおかけしました。本当に申し訳なかったです。要所要所で励ましてくださったからこそ、なんとか書き上げられました。心から感謝しています。

イラストをご担当くださった、奈良千春先生。引き続き、多賀谷と實森、マシュカ、そしてレイを素敵に描いてくださってありがとうございます。口絵のバスタイムのみんながとっても愛しくて、いつまでも眺めていられます。また機会がありましたら、ごいっしょさせてください。

最後に、読者の皆さま。よかったらご感想を送っていただけたら嬉しく思います。

そして、またどこかでお会いできたら幸いです。

本作品は書き下ろしです

四ノ宮慶先生、奈良千春先生へのお便り、
本作品に関するご意見、ご感想などは
〒101-8405
東京都千代田区神田三崎町2-18-11
二見書房　シャレード文庫
「二人の偽物アルファは執事アルファに傅かれる」係まで。

CHARADE BUNKO

二人《ふたり》の偽物《にせもの》アルファは執事《しつじ》アルファに傅《かしず》かれる

2022年10月20日　初版発行

【著者】四《し》ノ《の》宮《みや》慶《けい》

【発行所】株式会社二見書房
東京都千代田区神田三崎町2-18-11
電話　03(3515)2311[営業]
　　　03(3515)2314[編集]
振替　00170-4-2639
【印刷】株式会社 堀内印刷所
【製本】株式会社 村上製本所

落丁・乱丁本はお取り替えいたします。
定価は、カバーに表示してあります。

ISBN978-4-576-22141-0

https://charade.futami.co.jp/